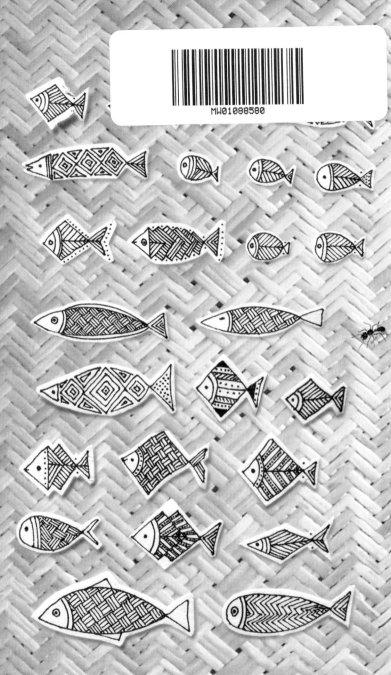

MW01088580

Este diario amazónico fue escrito por Pilar con tinta de jagua, el fruto proveniente del árbol del mismo nombre.

Para Gabriel y Nina, Matías y Marina, con el deseo de que algún día conozcan el Amazonas.
Con todo el cariño de Flávia Madrina

Para Sofía y Tom, mis fuentes de inspiración y grandes compañeros de viaje.
Joana

Diario de

Pilar

en Amazonas

ESTA SOY YO ⟶

Título original: *Diário de Pilar na Amazônia*
Diseño: Joana Penna
Armado: Florencia Santoro
Edición: Inés Gugliotella

© del texto: Flávia Martins Lins e Silva, 2011
© de las ilustraciones: Joana Penna, 2011
© de la edición en español: VR Editoras, S. A. de C. V., 2015
www.vreditoras.com

México: Dakota 274, colonia Nápoles,C. P. 03810,
alcaldía Benito Juárez, Ciudad de México.
Tel.: 55 5220–6620 • 800–543–4995
e-mail: editoras@vreditoras.com.mx

Argentina: Florida 833, piso 2, oficina 203 (C1005AAQ), Buenos Aires.
Tel.: (54-11) 5352-9444 • e-mail: editorial@vreditoras.com

Primera edición
Quinta reimpresión: mayo de 2024

Todos los derechos reservados. Prohibidos, dentro de los límites establecidos
por la ley, la reproducción total o parcial de esta obra, el almacenamiento o
transmisión por medios electrónicos o mecánicos, las fotocopias y cualquier
otra forma de cesión de la misma, sin previa autorización escrita de las editoras.

ISBN: 978-987-612-918-3

Impreso en Colombia por Editorial Nomos S.A.

La siguiente publicación se ajusta a la cartografía oficial establecida por el Poder Ejecutivo
Nacional a través del Instituto Geográfico Nacional por ley 22.963 y fue aprobada por
expediente GG15-0195/5.

Diario de Pilar en Amazonas

Flávia Lins e Silva

ilustraciones Joana Penna

¡Y ESTE ES BRENO!

Traducción:
Georgina Dritsos

CAPI
CUA

UN SELLO DE
VR EDITORAS

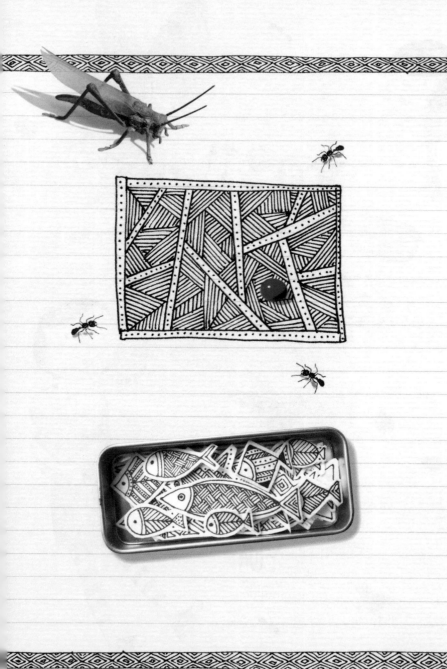

Contenido

PACÚ

¡DIBUJOS DE ESTILO INDÍGENA, HECHOS POR MÍ!

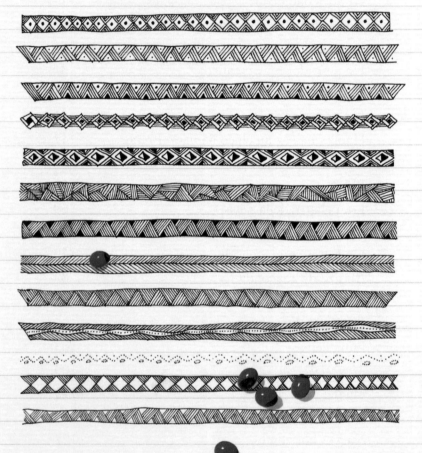

Breno y Samba:
¡mis súper
compañeros!

COSAS QUE SIEMPRE LLEVO EN LA MALETA:

RELOJ DE SOL + BRÚJULA DE BOLSILLO
(ME LOS DIO EL ABUELO PEDRO)

CEPILLO DE DIENTES

CLIP DE CABELLO:
1001 USOS

COLLAR CON EL GLOBO TERRÁQUEO
PARA UBICARME EN EL MUNDO

MI DIARIO:
¡INDISPENSABLE!

Pilar

AUTORRETRATO EXPLICADO

TRENZAS PARA QUE EL PELO
NO CAIGA SOBRE LA CARA

SAMBA, SIEMPRE CONMIGO
(GRAN COMPAÑERO DE VIAJE)

MI BOLSILLO,
DONDE GUARDO TODO

LEGGINGS BIEN CÓMODOS
PARA NO TENER
QUE PREOCUPARME POR
LOS "BUENOS MODALES"

MI MALETA: ¡SIEMPRE LISTA
PARA NUEVOS VIAJES!

CALZADO DEPORTIVO
SIN AGUJETAS NI CORDONES (PARA PONERLOS
Y QUITARLOS BIEN RÁPIDO)

La Sociedad de los Espías Invisibles

Hay días en que lo que más quiero es embarcarme en mi hamaca mágica, ¡y viajar bien lejos! Tal vez, en algún otro lugar, no me sienta tan, tan... ¡diferente! Sé que mi mochila está toda garabateada, que mi calzado deportivo está siempre lleno de lodo, que mi cabello está siempre un poco erizado, pero nada justifica lo que Susana me hizo hoy: invitó a todo el curso a su cumpleaños, ¡¡¡menos a mí!!! Lo peor es que le pregunté el motivo y me dijo que no me invitó porque soy extraña. ¡Eso mismo! ¡Ex-tra-ña!

De repente, empecé a sentirme más insignificante que una pulga, ¡peor que un piojo! Entonces, me vinieron estas ganas locas de perderme, de desaparecer del mapa. Hui del aula corriendo, y ya estaba en el portón de la escuela cuando Breno me alcanzó. Intenté fingir que no me pasaba nada, pero como me conoce bien, se dio cuenta enseguida de que estaba furiosa como un dragón, preparada para largar fuego por la boca:

—Esa Susana es una... ¡es una *parapetelunga*!

—¿*Parapete* qué?

—Eso mismo que escuchaste. ¡Acabo de inventar ese insulto!

—Puedes insultar, tienes toda la razón, Pilar. Pero no le des importancia, ¡su fiesta va a ser soporífera! ¡No voy ni que me lleven atado!

11

–Dime la verdad, Breno, ¿cuál es mi problema?

–Tú eres diferente, y eso a veces incomoda. Solo eso.

–¡Listo! ¡Hasta tú me encuentras diferente! ¿Por qué no dices que soy ex-tra-ña? ¡Dilo!

–De acuerdo; tú eres la extraña más genial que conozco. ¡Las otras chicas son todas iguales y sin gracia!

–Breno, necesito tu ayuda. ¿Quieres hacer una investigación súper secreta?

Regresamos a nuestro edificio, y en el apartamento de Breno, decidimos crear la Sociedad de los Espías Invisibles, más conocida como SEI. Nuestra misión principal es investigar misterios incomprensibles, y decidí buscar pistas para comprender por qué Susana me encuentra tan extraña, tan distinta a ella. Breno y yo inventamos nombres secretos, hicimos carnets de socios, y él, además, inventó un kit de investigación, compuesto por una caja de fósforos, un cuaderno y un lápiz miniatura para llevar a nuestra primera misión

SEI SOCIEDAD DE LOS ESPÍAS INVISIBLES

Nombre: Pilar Buriti
Edad: 10 años
Profesión: espía
Especialidad: escuchar a distancia
Nombre secreto: Beki Bacana

SEI SOCIEDAD DE LOS ESPÍAS INVISIBLES

Nombre: Breno Moreira Bastos
Edad: 11 años
Profesión: espía
Especialidad: tomar fotos sin ser visto
Nombre secreto: Nico Necas

SEI SOCIEDAD DE LOS ESPÍAS INVISIBLES

Nombre: Samba
Edad: 6 meses y siete vidas
Profesión: espía
Especialidad: grandes saltos y fugas rápidas
Nombre secreto: Simba

Ya con el carnecito de la SEI en mis manos, regresé a casa con ganas de investigar también la desaparición de mi padre. Quería hablar de eso con mi madre, pero ella había viajado por trabajo. Entonces, seguí con Samba hacia mi habitación, tomé mis binoculares y fui hasta la ventana, desde donde podría observar la casa de Susana. Poco tiempo después vi que ella salía con su madre y le mandé un mensaje a mi gran socio:

Beki llamando a Nico.

Ahora que inventó una forma de prenderse el celular a la muñeca, como si fuera un reloj, Breno vive súper conectado. Por eso, respondió en pocos segundos:

¿Es urg?

Insistí:

¡Súper urg!

Bajamos corriendo las escaleras del edificio y logramos llegar a la calle a tiempo, para seguir a Susana y su mamá. Después de la primera esquina, nos dimos cuenta de que las dos caminaban hacia la peluquería.

–Anota, Pilar. Diferencia número uno: tú jamás pasarías la tarde de tu cumpleaños en la peluquería.

–Nunca, es cierto. Con tantos lugares por conocer en el mundo, ¿por qué pasaría mi gran día encerrada ahí adentro?

–¿Vamos a entrar?

–¡Claro! ¡Pero no nos pueden ver! –dije.

Con mucho cuidado, Breno, Samba y yo, quiero decir... Nico Necas, el ágil Simba y yo, la famosa Beki Bacana, entramos al salón y nos escondimos cerca de las plantas, bien atrás de las sillas donde Susana y su madre estaban sentadas. Así, podíamos escuchar mejor la conversación entre ellas:

–No tendrías que haberle hecho eso a Pilar, Susana.

–¡Pero ella es extraña, má! No quiero gente extraña en mi fiesta.

–Pobrecita, hija. ¡Ella es extraña porque no tiene padre!

–¡Me parece que su padre no existe!

Al escuchar eso, no me oculté más, y quebrando todas las reglas del manual de espionaje, salí de mi escondite detrás de las plantas y dije bien alto:

–¡Yo tengo papá, sí señora! ¡Solo que no vive aquí, en Río!

–¡Pilar! ¡Breno! ¿Qué están haciendo aquí? –gritó Susana, asustada.

Investigador que vive desde hace diez
descubre grupo en el Amazonas de ind
y publica un libro con su investigación
la capital del estado. Relatos de otro
ritual nunca observado por investigad
en luna llena se reúnen para pintar
en su   descubre

Una noticia por la mitad

Tan pronto como lo dije, me di cuenta de la tontería que había cometido, pero ya era demasiado tarde. Samba gruñó, y Breno me fulminó con la mirada, furioso:

—¡Pilar, arruinaste nuestra investigación!

—¿Qué investigación? —quiso saber la madre de Susana.

Para variar, fui demasiado impulsiva y casi echo a perder la SEI. Pero lo que Susana y su madre habían dicho era cruel y se habían metido conmigo. Me quedé con un nudo en la garganta, unas ganas locas de llorar, y salí disparada hacia casa, antes de que alguien notara que mis ojos se llenaban de lágrimas. Breno y Samba llegaron enseguida, y después de cerrar bien la puerta de mi habitación, me descargué:

—Ay, Breno, ¿por qué no puedo tener una familia normal?

—Creo que ninguna familia es exactamente como uno desearía, Pilar.

—Tú tienes suerte de tener padre, hermano y todo lo demás. Yo no tengo a nadie más, salvo mi mamá. Somos solo ella y yo todo el tiempo…

—¡Por lo menos tienes a Samba!

—¡Pero él es muy independiente! ¿No es cierto, Samba?

Al buscar a mi gato me di cuenta de que había desaparecido. Breno y yo miramos debajo de la cama, del armario, detrás de mi escritorio, ¡y nada! Para complicar aún más las cosas, encontré un pedazo de periódico roto dentro de la hamaca, que me dejó bastante intrigada:

–Breno, ¡mira esto, aquí! *¡mira la página 16!

No se podía leer la noticia entera, pero al mirar lo que quedaba de la foto del investigador, tuve la impresión de que ya había visto ese rostro.

–¿Qué hay con esa noticia? –preguntó Breno.

–¡Lee atentamente! ¿No crees que este hombre es parecido a mi papá?

–¿Tu papá? ¿Será posible? ¿De dónde salió ese pedazo de periódico?

–Mira allí. Creo que mi gato sacó el periódico de su cajita…

Sin prestar mucha atención al desorden que Samba había hecho, leí la noticia una vez más, esperanzada. ¿Aquel hombre del diario sería mi padre? Ay… ¡cómo deseaba encontrarme con él! Cómo deseaba tener a alguien a quien llamar papá. De inmediato busqué la única foto que tengo de él y se la di a Breno para que la comparara con la del periódico.

–¿Entonces, no crees que las dos fotos son parecidas? –pregunté, ansiosa.

–¿Dónde está tu lupa? –dijo Breno.

Del fondo de mi súper bolsillo, saqué la lupa con el mango de madreperla, que había sido de mi abuelo. Breno la usó para comparar la imagen del periódico con la foto antigua hasta que, por fin, concluyó:

—Parece un poco más viejo...

—¡Pasaron diez años, Breno! ¡Pero por fin tenemos una buena pista para encontrar a mi padre!

—Siempre creí que tu padre era antropólogo.

—Antropólogo o investigador... ¡Ah! Es casi lo mismo...

—¿Samba habrá olfateado algo? A lo mejor tu gato también tiene talento para ser detective, Pilar.

—Él tiene talento para comer todo lo que ve frente a sus ojos. ¡¿Tenía que comerse esta noticia importantísima?!

—¿Dónde se habrá metido?

—Todo indica que embarcó en la hamaca mágica. ¿Vamos a buscarlo? —invité.

—¡Ahora o nunca! —respondió Breno, entusiasmado.

Sin perder un minuto más, saltamos juntos dentro de la hamaca mágica. Después, me di un buen impulso en el piso para que comenzara a balancearse y dije bien alto:

—Hamaca mágica, ¡llévame que voy, llévame adonde sea!

En aquel instante, la hamaca dorada comenzó a girar hacia adelante y perdimos la noción de dónde estaba el techo y dónde el piso. Fuimos sacudidos, todo quedó a oscuras, y cuando la hamaca dejó de girar, vimos que estábamos en un barco grande, rodeados de hamacas por todos lados.

Un mar de hamacas

Yo nunca había visto un barco así: tres pisos repletos de hamacas coloridas, unas colgadas arriba de las otras. Dentro de ellas, personas de todo Brasil y del mundo. Algunos dormían, otros jugaban dominó, comían frutas o conversaban. De repente, escuché un maullido muy familiar y vi a Samba en una hamaca roja, con el hocico metido en un tazón, y en el regazo de una chica morena.

—¡Samba! ¡¿Qué estás comiendo, gato goloso!? ¡Ven aquí, ya!

Los gatos son muy rebeldes, y Samba se relamió el hocico, muy ansioso. La chica nos sonrió, y preguntó:

—¿El gato es tuyo? Creo que le gusta el *açaí*. ¡Bebió todo el tazón!

—Perdón. Es que... debía de tener hambre —intenté explicar, un poco avergonzada.

—¡El gato de Pilar siempre es goloso, tiene un estómago de león! —comentó Breno.

—Cuando el barco se detenga, busco otro tazón de *açaí* para ti. Por cierto, mi nombre es Pilar. ¿Cómo te llamas?

—Me llamo Maiara. Pero no te preocupes por buscar nada, Pilar. ¡El barco se detendrá de nuevo recién mañana!

–¿Mañana? ¿Estás bromeando, verdad? ¡Qué barco tan lento! Por cierto, ¿cuál es este enorme río?

–Ya bajamos por todo el río Negro, pasamos por Manaos y ahora estamos llegando al encuentro de las aguas. ¡Miren allí! –señaló Maiara.

–¿Encuentro de las aguas? –Breno y yo nos miramos sin saber de qué estaba hablando.

–¿Nunca escucharon hablar del encuentro del río Negro con el río Solimões? Cuando se juntan, nuestro río mayor pasa a ser llamado Amazonas –contó Maiara.

–¡¿Amazonas?! ¡¿Estamos navegando en el Amazonas?! ¡El río más grande del mundo! ¡Qué increíble! –exclamé, entusiasmada.

–No sé si es el más grande, ¡pero sin duda es el que tiene más agua! –comentó Breno, con su mirada técnica y objetiva.

Curiosos, corrimos hacia la proa para ver aquel río inmenso. Justo allí, frente a nosotros, una corriente oscura y otra de agua fangosa formaban un río bicolor debajo del barco. ¡Qué belleza! Al mismo tiempo, miré mi collar de globo terráqueo, para descubrir exactamente dónde estábamos.

–Qué pena que Manaos ya quedó atrás. Tenía tantas ganas de conocer la capital del Amazonas…

–Tú quieres conocer todo, ¿verdad, Pilar? –preguntó nuestra nueva amiga, riendo.

–Sí, quiero. Mi sueño es conocer el mundo entero: país por país, ciudad por ciudad.

ENCUENTRO DE LAS AGUAS

RÍO NEGRO

RÍO SOLIMÕES

—¡Eso se llama "gula geográfica"! —inventó Breno.

Mi amigo tenía razón, ¿pero qué podía hacer con mi curiosidad sin fin? Quería conocer todos los rinconcitos del globo terráqueo, todas las comidas, todas las forma de vida. Interrumpiendo mis pensamientos, Breno señaló el agua, intrigado:

—¿No te parece extraño, Pilar? ¿Por qué será que el río oscuro y el fangoso no se mezclan?

—Son como el agua y el aceite, muy distintos.

—El más oscuro es el río Negro, y el fangoso, el Solimões —explicó Maiara.

Por lo visto, esta chica sabía todo sobre la vida en el Amazonas, y con mi lista rebosante de preguntas, pregunté:

—¿Cómo sabes todo esto? ¿Vives aquí cerca? ¿De dónde vienes? ¿Hacia dónde vas?

—Vivo en Novo Airão, en lo alto del río Negro, pero me preocupé por ver dónde termina el río.

—¡Todos los ríos terminan en el mar! —respondió Breno, siempre muy lógico.

–¿Pero cómo es el mar? –quiso saber Maiara.

Fue entonces cuando comprendimos que ella nunca había visto el mar y comenzamos a contarle:

–¡Es salado!

–¡Es verde!

–¡Es azul!

–¡Tiene olas enormes con espuma muy blanca!

–¿Salado con espuma blanca? Necesito conocerlo, realmente lo necesito! –dijo Maiara, con una sonrisa enorme.

Mientras que ella quería conocer el mar, yo necesitaba entender más sobre los ríos. Mirando alrededor, noté que el Amazonas parece funcionar como una gran avenida donde transitan barcos, personas, mercadería, peces e historias. En sus márgenes, se pueden ver casas de madera, bien coloridas, algunas suspendidas en el agua, llamadas "palafitos", otras flotando sobre troncos. Allí, enfrente de nosotros, pasaban barcos a remo, barcos a motor, pedazos de árboles y hasta terrones de tierra que se habían desprendido de las márgenes.

Bajo el sol fuerte, comencé a sentir un calor terrible. La temperatura debía de ser de alrededor de cuarenta grados, y

RÍO AMAZONAS

Nombres: en el año 1500, el navegante Vicente Pinzón atravesó el gran río, al que llamó Santa María del Mar Dulce. El río nace en la cordillera de los Andes, en Perú, y según el lugar por donde pasa cambia de nombre: Carhuasanta, Lloqueta, Apurímac, Ene, Tambo y Ucayali. Cuando entra a Brasil, recibe el nombre de Solimões y solo después de encontrarse con el río Negro pasa a ser llamado Amazonas. Corta los estados de Amazonas y Pará, hasta desembocar en el océano Atlántico.

Volumen de agua: ¡es el río más caudaloso del mundo! Creo que a quienes viven aquí nunca les faltará agua.

Extensión: ¡hay controversias! Pero en la actualidad los investigadores brasileños afirman que el Amazonas mide 6992,06 kilómetros, superando al río Nilo por 140 kilómetros. En Brasil, este río es tratado como un héroe: es el más grande y punto final.

GAIOLA

El barco que circula por el río Amazonas y sus afluentes se llama gaiola. Puede tener hasta tres pisos y transporta carga y gente. ¡Mucha gente! Es el medio de transporte número uno en el norte de Brasil.

Viajar en gaiola por el río es la mejor experiencia del mundo, porque podemos hacernos amigos o pasar el día en la hamaca, con las piernas para arriba. Lo que no podemos es tener prisa, porque en general la velocidad es de 30 kilómetros por hora.

SEBASTIÃO BORGES

sin asomo de una brisa. Me escapé del sol hacia la sombra y, aun así, me corría sudor por el cuello.

—Me parece que este río es demasiado revuelto para que nos zambullamos, ¿no? —pregunté, loca de ganas de refrescarme un poco.

—¿Qué tal una ducha? —propuso Maiara, señalando hacia la popa.

Vimos que había tres regaderas al aire libre. De inmediato, saqué el bikini de mi súper bolsillo, Breno se quitó la camisa y tomamos una buena ducha a cielo abierto. Después, mi amigo apareció con un nuevo invento.

—¡Presten atención! Ustedes dos están presenciando un momento histórico. ¡Van a conocer al primer helicóptero de bolsillo del mundo! ¿No es increíble?

—Se parece a aquel paraguas que era de mi abuelo y desapareció —comenté.

—Estaba tirado en un rincón, Pilar. Entonces, lo agarré y lo adapté. Solo que aún está en la fase de prueba. Por ahora nadie voló en él. ¡Pero ya lo probé como ventilador! ¿Quieren ver?

Breno abrió el paraguas cerca de Maiara, haciéndolo girar con gran potencia.

—Qué buen vientito —rio Maiara.

–¿Pero eso podrá volar, Breno? No me vas a pedir que lo pruebe, ¿verdad? –pregunté, intranquila.

–En realidad, ¡pensé en probarlo con Samba! –respondió él.

Sin ninguna intención de ser conejillo de Indias de aquel invento, Samba se escondió en mi súper bolsillo. Al quedarse sin "voluntarios", Breno volvió a jugar con su "guardavientos" y, de repente, se levantó un gran ventarrón. Mis trenzas se soltaron y quedé totalmente despeinada. Estaba a punto de quejarme por aquel objeto descontrolado cuando vi que se acercaban unas nubes negras que anunciaban lluvia intensa.

–¡Se acerca la tempestad! –confirmó Maiara.

–¡Que venga! ¡Estoy preparado! –exclamó Breno, mientras apuntaba su paraguas hacia el cielo, desafiando a la naturaleza.

–Esa *cosita* no resiste una gran lluvia –rio Maiara.

Minutos después la lluvia llegó con toda su fuerza, golpeando de frente, de costado, de atrás. Los marineros colocaron las lonas que protegían los costados de la *gaiola* y, aun así, corría agua por el piso, mojando nuestros pies. Cada uno corrió hacia su hamaca y Samba, con su clásico miedo al agua, maulló asustado. Mientras tanto, Breno seguía en la popa, todo ensopado, intentando cerrar aquel paraguas viejo, totalmente inútil en tempestades amazónicas. Pero una fuerte ráfaga azotó el barco y el gran invento se soltó de las manos de Breno, volando por los aires.

Un pescador muy creativo

Después de varias piruetas en el aire, el paraguas de Breno cayó en el primer piso del barco. Apresurados, bajamos por las escaleras y encontramos el invento en manos de un chico de nuestra edad que lo usaba para pescar.

–Hola, ¿me puedes devolver mi paraguas, por favor? –pidió Breno.

–¿Justo ahora que conseguí una caña de pescar sensacional? ¡Ni pensarlo! ¡Voy a pescar el pez más grande de este río! ¡Ya lo verán! –dijo el chico.

–Sucede que esto no es solo una caña de pescar. Tiene otros mil usos –expliqué, intentando ayudar.

–Pilar, él robó mi paraguas y va a tener que devolverlo, por las buenas o por las malas –rezongó Breno.

Entonces, mi amigo desistió de usar las palabras y comenzó a tironear de su paraguas. Como el chico no quiso soltarlo, los dos comenzaron un tira y afloja, y casi rompen el paraguas. Me entrometí en la confusión:

–Cálmense. Vamos a hacer lo siguiente: al final del viaje, le devolverás el paraguas a Breno, ¿verdad?

–Si atrapo el pez más grande mi vida, lo devuelvo.

Le estreché la mano y regresamos al tercer piso del barco, con Breno bufando de rabia:

–¡Demonios! El invento es mío y apuesto que él lo va a

arruinar! ¿Y si no pesca un pez enorme? ¡Nunca me devolverá lo que me pertenece!

–¡Vamos a tener que alentarlo para que pesque un pez enorme! –dije.

Breno tenía toda la razón, pero mi abuelo me enseñó que en un viaje en barco, no hay que pelearse porque no existe la posibilidad de irse. Por eso, es mejor dejar de lado el conflicto y resolverlo en tierra firme. Cuando el barco se detuviera en algún puerto, seguramente encontraríamos la manera de recuperar el paraguas.

–¿Cuál es ese pez enorme que este chico quiere atrapar, Maiara?

–Solo puede ser el pirarucú, el pez más grande del Amazonas. ¡Puede llegar a medir cuatro metros de largo!

–¡¿Cuatro metros?! ¿Y ese chico sabe sacar un pez tan grande, sin ayuda? –dudó Breno.

–Mejor es no darle mucha conversación a Bira –dijo Maiara.

–¿Conoces a ese chico? –pregunté, curiosa.

–Ah, Pilar, todo el mundo aquí conoce a Bira. Él vive subiendo y bajando por el río Amazonas en estos barcos. ¡Tiene una lengua muy larga! ¡Más larga que la del pirarucú!

–¿Y cómo es el pirarucú? ¿Es bravo? ¿Ataca a las personas? ¿Tiene dientes afilados? –quise saber.

Fue entonces cuando Maiara nos relató una historia que su abuelo había escuchado de los indios y le había contado a ella:

–Dicen que Pirarucú fue un indio muy fuerte, grande y bonito. Era el mejor de todos los guerreros de la aldea: nunca erraba un flechazo, atrapaba a todos los peces, y alcanzaba a los animales más rápidos del bosque. Pero era también muy fanfarrón y le gustaba provocar peleas, solo para mostrarse. Un poco como Bira hace a veces…

–¡Ya lo noté! –comentó Breno, aún fastidiado.

–¿Pero qué fue lo que ocurrió con el guerrero Pirarucú? –insistí.

–Un día, Pirarucú resolvió matar a un poblado entero solo para exhibir su fuerza. Mató a hombres, mató a mujeres, mató a niños. Mató a uno, mató a diez, mató a muchos. Sin motivo alguno.

–¿Será que no tenía cerebro, sino solo músculos? –pregunté, conmovida.

–¡Él era muy vanidoso, sin duda! Irritado con aquella matanza, el dios Tupá, dios de los rayos y truenos, decidió castigar al guerrero. Desde lo alto del cielo envió una enorme tempestad que cayó sobre la tierra, inundando todo. Pirarucú fue arrastrado hacia el fondo del río y se transformó en ese pez inmenso que hoy alimenta a casi todo el pueblo del Amazonas.

–¡Quiere decir que de cazador pasó a ser cazado! –comenté.

–¡Bien hecho! –exclamó Breno, contento con el final de la historia.

PIRARUCÚ

Nombre científico: *Arapaima gigas*. Puede medir hasta 4 metros y pesar 250 kilos. Es el pez más grande de escamas de la cuenca Amazónica. Su carne es blanca y casi no tiene espinas. También se lo conoce como el "bacalao del Amazonas". Sus escamas son usadas por las mujeres como limas para uñas, y la lengua se usa como rallador. ¡Muero por ver de cerca a este pez!

LEYENDA DEL PIRARUCÚ

TUPÁ

¡EL CAZADOR PASÓ A SER EL CAZADO!

pitomba

Después de contar la historia del guerrero Pirarucú, Maiara abrió la cestita de paja que llevaba colgada en el cuello y sacó de adentro un racimo de frutitas amarillas que nunca antes habíamos visto:

–¿Quieren *pitomba*?

Con el hambre que tenía, decidí probar la fruta amarilla que nuestra amiga ofrecía. ¡Qué fruta acidita tan deliciosa! Cuántos gustos nuevos, cuántos nombres diferentes surgían por nuestro camino. Maiara también era diferente. Su vida parecía fascinante y me gustaba esta nueva amistad. Por eso, decidí hacer una sugerencia:

–Maiara, si quieres, ¡vamos contigo hasta el mar! Pero antes debemos buscar a una persona…

–Más precisamente, estamos buscando al papá de Pilar –acotó Breno.

–¿Qué ocurrió con tu padre? –quiso saber Maiara.

–No lo sé. La verdad, nunca conocí a mi padre.

Al decir eso, volví a sentir una piedra en el pecho y unas ganas terribles de llorar, pero logré contenerme porque conversar con Maiara me hacía sentir un poco mejor. Ella no parecía encontrarme "extraña" y, encima de eso, estaba dispuesta a ayudarme.

—Pilar, ¿tu mamá no te dijo si tu papá tenía un agujero en la cabeza?

—¿Agujero? No, creo que no, respondí sin entender la pregunta.

—¿Estás segura? Porque si él tenía… ¡tú eres hija del delfín rosado! También se lo conoce como "delfín del Amazonas".

ÁRBOL GENEALÓGICO DE PILAR

Versión amazónica

Abue Vera

Abue Pedro

Abue Delfín rosado

Abue Delfín rosado

Mamá

Papá Delfín rosado

Pilar

¿Me imaginas a mí hija de un delfín rosado?

¿Hija del delfín rosado?

Miré a Maiara, con curiosidad por saber más sobre la historia del delfín rosado. Por más extraña que fuera, seguía intrigada y le di pie para conversar:

—¿Conoces a algún hijo del delfín rosado?

—Cerca de donde vivo, en lo alto del río Negro, nació un bebé hijo de un delfín rosado. Nadie jamás vio a su padre y su mamá vivía sola cerca del agua, lavando ropa. Un día regresó embarazada a su casa y todo el mundo dijo que fue el delfín rosado quien le hizo un hijo.

—Puede haber sido un pescador que pasó por allí y se puso de novio con la madre del chico sin que nadie lo viera —insinuó Breno.

—Fue el delfín rosado, porque un día el chico se fue por el río y nunca más regresó —insistió Maiara.

—Mi papá desapareció en el mar. Salió a navegar y tampoco volvió nunca más. Mira, tengo un retrato de él y una noticia del periódico...

Maiara examinó el retrato y el periódico durante algunos minutos con mucha atención. Permaneció en silencio, muy seria, mirando en detalle, hasta que me devolvió la foto y la noticia, con una sonrisa aliviada:

—Quédate tranquila Pilar. Tu papá no es un delfín rosado. Si lo fuera, usaría un sombrero para esconder el agujero en la cabeza.

DELFÍN ROSADO

Nombre científico: Inia geoffrensis.

Lugar donde vive: en los ríos del norte de Brasil.

Aleta: es triangular y parece una joroba.

Observación: ¡Mujeres, cuidado! Si ven a un hombre con sombrero, ¡mejor miren bien su cabeza para ver si tiene algún agujero! ¡Puede ser un delfín rosado disfrazado!

Después de aquella conversación sobre delfines rosados, decidí pedir ayuda a mis amigos:

—¿Qué creen que debo hacer para encontrar a mi papá? ¿Viste a alguien parecido a él en este río inmenso, Maiara?

—Nunca vi a un hombre igual al de la foto. Jamás —dijo ella.

—Ya examiné con una lupa a todas las personas de este barco, hamaca por hamaca, rostro por rostro, y no encontré a nadie parecido a tu papá —agregó Breno.

—El barco va a hacer algunas otras paradas hasta llegar a Belén. Entonces, podemos preguntar en todos los puertos del camino –sugirió Maiara.

—¡Buen plan! –concordó Breno.

—Qué bueno poder contar con ustedes en esta búsqueda, pero… ¿faltará mucho para la próxima parada? –quise saber.

—Aquí las distancias se cuentan en días –explicó Maiara.

—¿Y cuántos días navegaremos?

—De Manaos a Belén son algunas noches. Pero si hay paradas por el camino… no lo sé. Mejor no pensar en eso ahora, Pilar. Descansa un poco.

Un tanto desanimada, regresé a mi hamaca y decidí quedarme tranquila, escribiendo en mi diario. La lluvia fue más leve, pero en el horizonte podíamos ver aún muchos rayos, iluminando el cielo oscuro. Era un espectáculo atemorizante y bonito al mismo tiempo. Los rayos rasgaban el cielo hasta caer en el agua. Parecían fuegos artificiales naturales. A mi lado, una madre comenzó a mecer la hamaca de su hijo y, sin darse cuenta, empujó la mía. A la vez, mi hamaca estaba tan pegada a la de Maiara que comenzó a balancearse junto conmigo, empujando la hamaca siguiente. Fue en aquel vaivén tan agradable y familiar cuando me dormí.

Las golondrinas abren y cierran el día.

Los encantos de la sirena

Cuando me desperté, amanecía en el horizonte y la lluvia ya había quedado atrás. Las golondrinas inauguraban un nuevo día con vuelos rastreros sobre el río Amazonas. Con el sol fuerte golpeándome en el rostro, salté de la hamaca y caminé hasta Breno, que estaba de pie, tomando fotos de todo su entorno, con el celular. De repente, el aparato se le resbaló de las manos, y cayó en el río.

–¡No puede ser! ¡Debo rescatar mi celular urgente! –exclamó.

–Creo que ahora no hay manera, Breno. Pero puedes usar el mío –ofrecí.

–No entiendes, Pilar. ¡Ese celular es lo más importante que tengo!

Enseguida, Breno empezó a sacarse el calzado deportivo, preparándose para saltar, y cuando miré hacia el agua, vi a una chica de cabellos largos y negros dentro del río, señalando en dirección a él. Solo entonces me di cuenta de que Breno parecía hechizado por ella:

–¡Esa chica encontró mi celular! ¡Voy a ir tras ella! –decidió.

En el medio del río, la chica de cabellos negros provocaba a mi amigo, mostrándole el celular y después metiéndose dentro del agua.

—¡Ven a buscarlo, ven!

Breno estaba a punto de saltar cuando, preocupada, lo sujeté del brazo:

—¡Si te zambulles en este río inmenso, morirás ahogado!

—¡Suéltame! —gritó.

—¡¿Estás loco?! —grité yo también.

Maiara llegó corriendo y me ayudó a sujetar los dos brazos de mi amigo, que se debatía, completamente fuera de sí, casi zambulléndose al agua.

—Sujétalo fuerte, Pilar. No dejes que salte. Esa es Iara, la sirena de los ríos. Es mitad pez, mitad persona. Le gusta encantar a los hombres, ¡y tratará de arrastrar a Breno hacia el fondo del río!

Mi amigo movía las piernas con desesperación, y Maiara y yo lo sujetábamos con todas nuestras fuerzas. La sirena cantaba su nombre como si fuera una canción:

—Breeenooo. Ven aquí, ven. ¡Quiero ver si logras alcanzarme!

–¡Claro que lo lograré! ¡Ustedes dos deben soltarme! ¡Tengo que recuperar mi celular!

–Intenta razonar, Breno, tu celular debe de estar completamente arruinado –le expliqué.

La verdad es que no servía de nada usar argumentos lógicos con alguien que estaba completamente encantado por una sirena que movía los cabellos de un lado al otro, mandando besitos desde lejos. ¡Ay, qué rabia! No quería que Breno fuera detrás de ella, de ninguna manera. Mi amigo fue poniéndose cada vez más nervioso, y cuando se pone así, parece tener una fuerza incontrolable. Se zafó de nosotros y se zambulló de cabeza en el río. Empujado por la corriente, comenzó a alejarse del barco y fue llevado lejos, cada vez más lejos. Enfrentando la correntada fuerte del Amazonas, Breno intentaba acercarse a

nado a Iara. Era obvio que la sirena tenía una táctica: ¡quería dejar a mi amigo cansado para después zambullirse con él hacia las profundidades!

—¡Breno, por favor, regresa al barco! —pedí, desesperada.

Él ni me oyó. Siguió nadando hacia la sirena, como loco, tragando esa agua barrosa.

—¡Breeenooo, quiero ver si me alcanzas! —repetía la sirena de río con voz seductora.

—Está hechizado, Pilar. Hablar no sirve de nada —suspiró Maiara, sin esperanzas.

Como hablar no servía, decidí actuar. A fin de cuentas, Breno estaba ya casi sin fuerzas y no podía seguir nadando. Apenas flotaba, exhausto.

—¡Breeenooo, ven conmigo! —llamó Iara, extendiendo su mano hacia él.

—¡Mira allá, Pilar, es ahora o nunca! ¡Iara se está preparando para arrastrar a Breno al fondo del río! Ay, no quiero ni mirar —dijo Maiara, tapándose los ojos.

—¡No! ¡No voy a dejar que esa sirena se lleve a mi amigo!

Le di mi gato a Maiara, tomé un flotador que estaba amarrado en el barco y, antes de lanzarme al agua, Bira prendió la punta de uno de sus anzuelos en mi vestido, diciendo:

—¡Lleva esto, así me ayudas a capturar a la *pescadota*!

Ni tuve tiempo de discutir. Salté al agua y comencé a nadar

lo más rápido posible hacia la mujer-pez. Solo que ella era mil veces más veloz que yo y se movía rápidamente por el río. Si lograba agarrar a esa sirena por los pelos, le diría lo que pensaba de ella:

–¡Desiste de llevarte a mi amigo, tú… *escamorosa*! ¡Sirena creída, escamosa, horrorosa!

Pero mi grito salió mal. Solo tragué agua. La verdad es que nunca lograría alcanzar a Iara y ya no sabía qué hacer para rescatar a mi amigo…

Había una vez un chico llamado Breno...

Estaba ya sin esperanzas cuando recordé el anzuelo que Bira había prendido a mi vestido. Me levanté un poco sobre el flotador y lancé el anzuelo. Breno no hablaba, no reaccionaba, y lo último que pude ver fue a Iara sumergiéndose con él…

De repente, vi a la sirena pasar marcha atrás, cerquita de mí. Al principio no entendí muy bien lo que estaba ocurriendo. Miré hacia atrás y vi a Bira en la borda del barco, jalando del anzuelo, muy entusiasmado:

–¡Capturé a la *pescadota*! ¡Es mía! ¡Toda mía!

Para intentar librarse del anzuelo, la sirena tuvo que soltar a Breno. Sin perder ni un segundo, me zambullí en el río y tomé a mi amigo por el brazo antes de que se sumergiera de nuevo. Cuando logramos regresar a la superficie, le grité a Maiara:

—¡Jala del flotador! ¡Sácanos de aquí!

Fue lo que Maiara hizo: jaló del flotador con toda su fuerza, llevándonos de regreso al barco. Acostado sobre la cubierta, Breno no respiraba ni se movía.

—Alguien debe hacerle respiración boca a boca —dijo Bira, mientras recogía la línea con la sirena colgando.

Apreté bien el pecho de Breno, le tapé la nariz y puse mi boca sobre la de él, inspirando hondo y soltando el aire. Era la primera vez que nuestras bocas se acercaban, pero el momento no era nada romántico. Yo solo quería salvar la vida de mi gran amigo, y haría cualquier cosa para que no muriera.

—¡Despierta, Breno! Habla conmigo, por favor.

—Calma, Pilar, el aún está bajo el efecto del encanto de la sirena —dijo Maiara.

Él continuaba sin moverse y seguí haciendo presión sobre su pecho, dándole respiración boca a boca, cada vez más pre-ocupada. Breno no podía morir a causa de un celular o por un maldito hechizo de la sirena. ¡No podía! Mientras tanto, Bira se exhibía al lado de la sirena y cobraba dinero a todos los que querían tomarse fotos cerca de ella. Yo solo deseaba que

Iara desapareciera para siempre en el fondo del río. Para mi sorpresa, de repente, la mujer-pez golpeó su cola contra la cubierta, dio un salto, se acercó a mí y dijo:

—¡Qué osadía! ¡Nunca antes una mujer me había enfrentado o vencido!

—Lo habrán intentado pocas mujeres —respondí, furiosa.

—Tú mereces que las aguas te respeten. Puedes hacerme un pedido si quieres —me dijo ella, inesperadamente.

—¿Hacerte un pedido? —me sorprendí.

—Eso mismo. Si me perdonas la vida, tal vez pueda ayudarte.

—Entonces, quiero que desencantes a mi amigo Breno —respondí, aún enojada.

—No te preocupes. Él va a desencantarse —afirmó.

En seguida, la sirena intentó deslizarse hacia afuera del barco, pero Samba arañó su cola y ella gritó de dolor.

—¡Suéltame! ¡Lárgame! ¡No soy un pez!

No pude evitar reír. Aquella sirena se merecía una lección y mi gato era un compañero fiel. ¡Sabía defenderme como nadie! Sentí pena al ver a aquel ser que era más un pez que una persona, respirando con dificultad bajo el sol intenso, fuera del agua.

Además, Bira tenía planes exagerados para la sirena de los ríos:

—¡Voy a llevar a Iara a un acuario y cobrar entrada! ¡Ganaré mucho dinero!

Yo jamás sería amiga de esa sirena, pero decidí acercarme, y mostrarle la foto de mi papá.

–¿Por casualidad conoces a este hombre?

–Lindo hombre…

–¿Sabes si se ahogó en este río?

–No… el hombre lindo no está en el fondo de las aguas –respondió Iara, y creí en ella.

Tomé la foto de nuevo y solté el anzuelo que estaba enganchado en su cola. La sirena dio otro salto y regresó al Amazonas, desapareciendo bajo el agua. Antes de partir, arrancó la cámara de las manos de Bira, llevando al fondo del río todas las fotos que él había tomado.

—¡Mi cámara! La prueba de mi gran pesca —gritó él, furioso.

—No te zambullas detrás de ella… —murmuró una voz conocida.

Al mirar hacia atrás, vi a Breno intentando sentarse. Fui corriendo hacia él y le di un abrazo, aliviada.

—¡Qué bueno que ya te desencantaste!

—¿Me desencanté? ¿Qué fue lo que ocurrió? —quiso saber Breno.

Como gran hablador que era, Bira decidió contarle su versión de la historia:

—¡Quedaste hechizado por la sirena! Casi te vas con ella al fondo del río. Por suerte, pude atrapar a la *pescadota* y tu amiga Pilar te trajo de regreso.

—¡Bira pescó a la sirena con tu paraguas! ¿Puedes creerlo? —le conté.

—Tu invento funciona muy bien. Fue la mejor pesca de mi vida. Imagina: ¡logré pescar una sirena de verdad! ¡Fue sensacional! Qué pena que la *pescadota* huyó y se llevó mi cámara. Tenía tantos planes increíbles…. —se lamentó Bira.

Como la pesca había terminado, le devolvió el paraguas a

Breno, y Maiara decidió narrarle en detalle la parte final del rescate, contándole inclusive sobre la respiración boca a boca.

–… entonces Pilar apoyó su boca contra la tuya, mientras apretaba tu pecho. ¡Parecía una socorrista profesional!

En ese momento, Breno me miró, riendo, y me provocó:

–¿Quiere decir que aprovechaste que estaba desvanecido para besarme, Pilar?

–Primero, no estabas desvanecido, estabas encantado. Segundo, ¡fue apenas una respiración técnica para salvarte la vida! –dije, sintiendo que mi cara se ponía roja.

–Lástima que no lo vi… ¡Creo que me perdí lo mejor de la historia! –bromeó, y me guiñó un ojo.

IARA

Sirena de los ríos, con cola de pez y cuerpo de mujer. También se la conoce como Uiara. Su canto hechiza a los hombres, que se dejan arrastrar al fondo del río. Si volvemos a encontrarnos con esa mujer-pez, ¡voy a ponerle algodones en los oídos a Breno!

En las aguas del Tapajós

Después de la aventura en el río, Breno, Samba, Maiara y yo nos tiramos en nuestras hamacas, exhaustos, y dormimos por muchas, muchas horas. Nos despertamos con un largo silbido: la gaiola acababa de atracar en el puerto de Santarém, en el estado de Pará.

—Vamos a quedarnos aquí por más de dos horas, porque descargaremos quinientos sacos de castañas. Los que quieran pueden ir a pescar un rato —avisó el capitán del barco.

—¿Quieren conocer el bosque encantado? —invitó Bira, acercándose.

—¿Bosque encantado? ¡Eso debe de ser lindo! —exclamé, curiosa como siempre.

—Pilar, ¡no existen los bosques encantados! —respondió Breno, un poco malhumorado.

—También dicen que las sirenas no existen y ayer casi desapareces del mapa con una de ellas —dije.

—Escuché que Alter do Chão es un lindo lugar que queda aquí cerca —comentó Maiara.

—Exacto. ¡Es allí donde está el bosque encantado y las playas más bonitas del río Tapajós! —confirmó Bira.

Mientras Breno se desperezaba en la hamaca, lleno de dudas, Samba no perdió tiempo: saltó de mi súper bolsillo y salió del barco.

–Muy bien, Samba. ¡Vamos hacia allí! No todos los días tenemos la oportunidad de visitar un bosque encantado. ¡Tengo muchas ganas de conocer esas playas de río!

–No lo puedo creer, Pilar. ¿Nunca viste una playa de río? –se sorprendió Maiara.

–Nunca. ¿Cómo es?

Entonces, ella y Bira comenzaron a describirla:

–¡Es dulce!

–¡Y tranquila!

–¡Como una piscina gigante!

–¡Les va a encantar!

–¡Vamos ya! –pedí, ansiosa.

–Pero… ¿y si el barco parte antes de que regresemos? –preguntó Breno.

–Si parte, nos embarcamos luego en otro –insinué.

–Está bien. Pero es mejor que llevemos la hamaca mágica –sugirió.

Breno y yo doblamos la hamaca mágica bien doblada, hasta que entró en mi súper bolsillo. Maiara guardó sus cosas en la mochila y vino a encontrarse con nosotros. Cuando los tres desembarcamos, Bira ya estaba aguardándonos en un bote pequeño, con un gran motor en la popa.

–Di la verdad, Bira, ¿tú sabes pilotear eso? –preguntó Breno, desconfiado.

–Claro que sé. Sé pescar sirenas, sé cazar jaguares…

Mientras Bira contaba sus historias, noté que allí cerca había vendedores ofreciendo choclos calientes, jugos de frutas, bananas fritas, tapioca y una papilla hecha con maíz. Antes de partir, decidí mostrarles a ellos la foto de mi padre, ansiando que alguno pudiera ayudarme:

—Hola, ¿alguno de ustedes ha visto a este hombre?

Uno de los vendedores dudaba. Pero los otros dijeron que nunca habían visto a nadie parecido a mi papá por aquella zona. Desde el pequeño barco, Bira me apremiaba:

—Ven, Pilar. ¡Tenemos que aprovechar el día!

Un poco desalentada, volví a guardar la foto en el súper bolsillo y subí con Samba al bote. Navegando por el río Tapajós, me quede completamente maravillada con la belleza del agua: verde esmeralda, limpia, cristalina. Bastaba mirar al río para ver los peces pasando en cardúmenes. Eran tantos que, súbitamente, uno de ellos saltó y por azar cayó dentro del bote. Samba no podía creer en su buena suerte. Soltó un maullido y, sin perder tiempo, se tragó al pobrecito.

—¡Me parece que a Samba le gustará este lugar! —comenté.

—Van a quedar impresionados con la belleza de Alter do Chão. ¡Prepárense! —avisó Bira, orgulloso de su tierra.

De repente, oímos un ruido en el agua. En seguida, vimos que se formaban varias burbujas. Entonces, ¡apareció un chorro!

Eran dos delfines rosados que acompañaban el paso del

Río Tapajós

bote, saltando y jugando sobre las olas que hacíamos al pasar. Me quedé fascinada y quise llamarlos, pero Maiara temía que fueran hombres disfrazados queriendo seducirnos a ambas.

Después de haber sido casi ahogado por Iara, Breno se había quedado preocupado y le pidió a Bira que acelerara. ¡Qué lástima! Los delfines rosados quedaron atrás, saltando sobre las olas, ¡lindos, muy lindos!

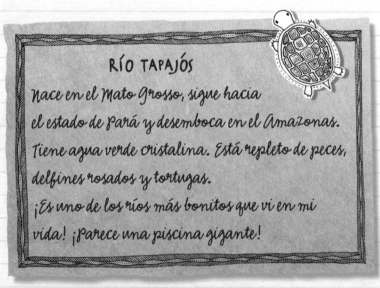

RÍO TAPAJÓS

Nace en el Mato Grosso, sigue hacia el estado de Pará y desemboca en el Amazonas. Tiene agua verde cristalina. Está repleto de peces, delfines rosados y tortugas. ¡Es uno de los ríos más bonitos que vi en mi vida! ¡Parece una piscina gigante!

¡Su belleza me dejó MARAVILLATADA!

El bosque encantado

Después de algún tiempo, llegamos a un río estrecho, donde Bira disminuyó la velocidad. Una familia de monos vino a recibirnos, saltando sobre los árboles y soltando pequeños chillidos, como si le avisaran a todo el bosque que nuevos visitantes entraban a la selva por aquel camino hecho de agua.

Junto a una casa de madera pintada de rojo, Bira atracó el barco y fuimos recibidos por una señora morena muy simpática, que limpiaba un pescado gigantesco.

—¡Necesito ver a ese pescado de cerca! —exclamé, saltando del barco.

—¡Es más grande que un tiburón! —dijo Breno, boquiabierto.

—¡Pero no tiene ese montón de dientes atemorizantes! ¡Apuesto a que es el famoso pirarucú! —arriesgué.

—¡Acertaste! ¡Es el pez más grande de nuestros ríos! —comentó Maiara.

Al sentir el olor del pirarucú, Samba saltó de mi súper bolsillo y mordió la cola del pescado, intentando arrastrarlo. La señora que limpiaba el pescado comenzó a reír:

—¡Un gato tan pequeño para un pescado tan grande!

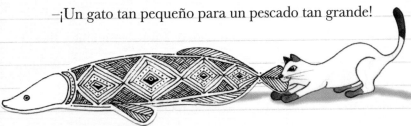

—¡Él piensa que es un león! –dijo Breno.

—Debe de tener hambre. ¡Es más, yo también! –dije, escuchando los ruidos que hacía mi estómago, y soñando con aquel pescado asado.

—Me parece que aún le falta un rato para estar listo. Vengan, ¡les voy a mostrar uno de los lugares más bonitos de esta tierra! –propuso Bira.

Enseguida, nos acomodamos en una pequeña canoa a remo y partimos por un río pequeño, cubierto por la selva. El camino solo surgía por la precisión del remero, Bira, quien iba desentrañando el rumbo a seguir sin brújula ni mapa. ¡Qué lugar tan secreto, tan lindo!

Después de algún tiempo, llegamos a un sitio bonito, con árboles sumergidos en el agua. Al pasar cerca de los árboles más bajos, podíamos tocar las ramas y hasta recoger frutas. Cuando pasamos junto a un copoazú, Maiara tomó un fruto grande sin siquiera tener que subir al árbol. Después, golpeó el copoazú en la canoa, lo abrió y nos ofreció bocados deliciosos, amargos. Hambrientos, comimos toda la fruta, mientras Samba jugaba con el carozo.

Cuanto más nos adentrábamos en el bosque encantado, mayor era el silencio, la tranquilidad. En un momento, Bira dejó de remar y nos quedamos todos callados, escuchando el canto de los pájaros y los sonidos de la selva. Inesperadamente, aparecieron mariposas azules, bailando sobre nuestras

COPOAZÚ

Nombre científico: *Theobroma grandiflorum*.
Este árbol, típico del bosque amazónico, puede
medir hasta 20 metros de altura. El copoazú
es un fruto grande que llega a medir 25 centímetros de largo.

Usos: jugos, jaleas, dulces en almíbar, helados
y bombones deliciosos. ¡Necesito llevar una
caja de estos bombones a casa!

cabezas. Samba enloqueció: maulló, quiso jugar con ellas y por poco no cayó al agua.

Bira parecía sentir un gran respeto por aquel lugar y remaba con mucho cuidado. Cada vez que el remo tocaba el agua, el río brillaba, centelleando. Entonces, una bandada de más de cincuenta periquitos pasó por encima de nosotros, cantando animadamente. Nunca habíamos visto nada igual. Allí la naturaleza era más fuerte que todos, y la recorríamos tratando de incomodarla lo menos posible. Cuando la canoa se frenó de golpe contra un árbol, una lluvia de pétalos púrpura cayó sobre nosotros y quedamos todos adornados, sonriendo unos a otros, admirados por tanta belleza.

De repente, todo fue silencio y oímos un susurro. Parecía una voz de mujer, que no sabíamos de dónde venía:

–Cuiden el bosssque. Cuiden…

–¿Quién dijo eso? –preguntó Breno.

–Debe de ser la Madre de la Selva –respondió Maiara.

–¿Ella vive aquí, en este bosque? –quise saber.

–Ella vive en todos los bosques –explicó nuestra amiga.

Nos quedamos quietos hasta que algo increíble ocurrió: en la copa de una ceiba centenaria, de casi cuarenta metros de altura, vimos aparecer un ser que no lográbamos divisar. Sus cabellos, tal vez verdes, se confundían con las hojas, y las mariposas azules se posaban sobre sus brazos, en lo más alto de las ramas. Una vez más, escuchamos el susurro:

–Cuiden el bosssque. Cuiden…

Después un viento agitó los árboles y el susurró desapareció en el crujido de las hojas. Permanecimos en silencio algún tiempo más, mirando aquella ceiba gigante, totalmente perplejos.

El silencio se quebró cuando oímos el sonido de una sierra eléctrica rasgando el aire. Luego vimos a un leñador a punto de cortar un árbol de casi treinta metros de altura.

–¡Qué terrible! Es un palo rosa. ¡Ese árbol está en peligro de extinción! –dijo Bira.

–¡No puede hacer eso! ¡Tenemos que impedirlo! –exclamé, afligida.

Ante el sonido de la sierra, los pájaros se callaron, el sol se escondió detrás de las nubes y se hizo la noche en el bosque.

CEIBA

Nombre científico: Ceiba pentandra.

Lugares donde existe: América del Sur y África.

Altura: en Brasil puede alcanzar los 50 metros de altura. En África, dicen que llega a medir 70 metros.

Dato curioso: la cápsula que envuelve sus frutos puede usarse para hacer colchones, almohadas y flotadores porque es impermeable. Creo que voy a guardar un poco de esta cápsula en mi súper bolsillo por si me vuelvo a zambullir en el río.

Observación: una vez mi abuelo me mostró este árbol en el Jardín Botánico de Río de Janeiro. Es tan lindo e inmenso que dan ganas de abrazarlo.

Los peligros de la selva

Alterada por la agresión al bosque encantado, bajé de la canoa y quise correr hacia el leñador, pero Bira me detuvo:

–¡Mejor no te metas, Pilar!

–¡Ese hombre no puede destruir este lugar tan mágico! ¡Vamos! ¡Tendrá que escucharnos!

–Debe de estar cortando el árbol porque se lo ordenaron. El palo rosa es muy usado en la industria del perfume –contó Bira.

–¿El árbol también se convierte en perfume? Nunca lo habría imaginado…

–Cada árbol es usado para alguna cosa, Pilar. Hay muchos leñadores que viven de la extracción de la madera, bajo el mando de gente fuerte, poderosa.

–¿Y si llamamos a los guardabosques?¿A la policía? ¡No sé! ¡Solo sé que no podemos quedarnos de brazos cruzados! ¡Debemos actuar! –exclamé.

De repente, oí silbidos en el bosque, sentí un escalofrío que me corría por el cuerpo y me quedé medio tonta. Junto a nosotros pasó un ser con cabellos de fuego que venía montado sobre un pecarí. No pude distinguir si estaba de frente o de espaldas porque tenía los pies doblados hacia atrás y los seguían varios pecaríes que chillaban, furiosos, mostrando sus dientes grandes y afilados. Atemorizados,

Maiara y Bira se escondieron detrás de un arbusto. Breno y yo tomamos a Samba e hicimos lo mismo. A través de las hojas, veíamos a los pecaríes rodeando al leñador, listos para atacar. Asombrada, le pregunté en voz baja a Maiara:

—¿Quién es el de los cabellos de fuego?

—¡Es el Curupira! —respondió mi amiga.

—¿Pero es de los malos?

—El Curupira siempre protege a la naturaleza, Pilar. Detesta a quien maltrata al bosque.

—¡Me gusta el Curupira! ¡Debe de ser buena gente! —dije.

—Pero es mejor no cruzarse en su camino —sugirió Bira.

—O sea, nada de querer hacerse amiga de él, como tú haces con todo el mundo, ¿ok, Pilar? —me pidió Breno.

Después de escuchar esos comentarios, intenté quedarme quieta, observando al Curupira de lejos. Entonces, Bira contó que el Curupira vive en las raíces de la ceiba y le gusta recibir regalos, especialmente tabaco y cachaça.

Como nosotros no teníamos nada de eso, improvisamos otros regalos que pusimos junto a las raíces de aquel árbol enorme. Yo ofrecí un silbato para llamar pajaritos. Maiara colocó algunas hierbas que traía en su cestita de paja. Bira dejó su navaja. Breno, que no cree mucho en esas cosas, no dejó ningún regalo.

Al salir desde atrás de la ceiba, escuchamos un chillido horrible y cerré los ojos para no ver al leñador ser devorado por los pecaríes. Mientras tanto, Breno me codeó, boquiabierto:

—¿Viste Pilar? ¡Los pecaríes desaparecieron! ¡Se convirtieron en murciélagos! ¿Cómo es posible?

—El Curupira tiene muchos poderes. ¡Siempre puede transformarse en otros! —informó Maiara.

—¿Esos murciélagos son carnívoros? ¿Morderán al leñador? —pregunté.

—¡Nunca vi algo así! ¡Parece sacado de una película! —exclamó Breno.

Mientras el leñador intentaba librarse de la nube de murciélagos, escuchábamos sus gritos, ¡sin saber si estaba siendo mordido, chupado o comido vivo!

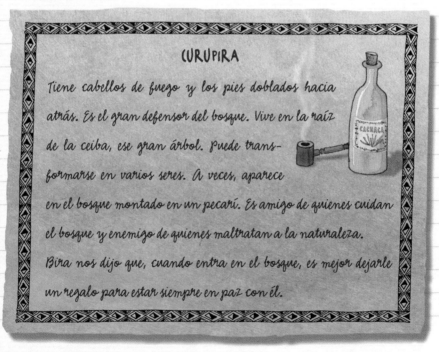

CURUPIRA

Tiene cabellos de fuego y los pies doblados hacia atrás. Es el gran defensor del bosque. Vive en la raíz de la ceiba, ese gran árbol. Puede transformarse en varios seres. A veces, aparece en el bosque montado en un pecarí. Es amigo de quienes cuidan el bosque y enemigo de quienes maltratan a la naturaleza. Bira nos dijo que, cuando entra en el bosque, es mejor dejarle un regalo para estar siempre en paz con él.

Preocupada por la revuelta en el bosque, Maiara comenzó a empujarme en dirección a la canoa:

—¡Salgamos de aquí ahora mismo! ¡Esto es la venganza de la Madre de la Selva!

De camino hacia la canoa, en medio de la oscuridad, sentimos a los murciélagos pasar volando sobre nosotros y desaparecer enseguida. Miré hacia atrás, buscando al leñador, pero no encontré ni una señal: había desaparecido. Mientras buscábamos la canoa en la selva oscura, escuchamos un rugido aterrador.

—¿Qué fue eso? —pregunté, atemorizada.

Casi sin mover la boca, Bira susurró:

—¡Quédense quietos! ¡Es el rugido de un jaguar!

Entre fieras

Al oír aquel rugido por segunda vez, apreté la mano de Breno, aterrada.

—¡Debemos ir a un lugar más seguro!

—¡De acuerdo! ¿Pero cómo? ¿Adónde?

En ese momento recordé algo:

—¿Dónde está tu paraguas-helicóptero? ¡Tenemos que subirnos a algún árbol!

Por suerte, Breno había traído su invento en el bolso, que comenzó a girar apenas lo abrió.

—¿Quieres probar mi helicóptero personal, Pilar?

En el primer intento, volé algunos centímetros y luego caí estrellada en el suelo.

—¿Por qué siempre tengo que probar tus inventos mal inventados? —reclamé, limpiándome las rodillas.

—Me parece que le entró un poco de agua, pero ahora va a funcionar —dijo, sacudiendo el invento.

Samba se ofreció para probar el paraguas y saltó sobre él, volando hasta posarse en una rama bien alta. Después, lo tomó con la boca y nos tiró el paraguas de nuevo. A pesar de ser más pesada que mi gato, decidí probar el invento una vez más, y finalmente funcionó. Aferrada al mango del paraguas, fui a parar a la copa del árbol, desde donde le lancé el paraguas a Breno, Bira y Maiara. Cuando por fin ya estábamos todos encima del árbol, oímos el rugido de nuevo. Esta vez el sonido estaba mucho más cerca. ¡Demasiado cerca! Sacando la linterna de mi súper bolsillo, apunté hacia el suelo, buscando a la fiera. ¡Era un ocelote hembra, con dientes y garras afilados, listo para saltar!

Luego descubrimos que el ocelote es un felino pequeño, muy ágil y feroz. Con un salto certero, subió a una rama del árbol donde estábamos, y Maiara y yo soltamos un grito:

—¡Aaayyy!

—¡Mantengan la calma! Vamos a encontrar la forma de enfrentar a la fiera —ordenó Breno, intentando usar su paraguas como arma.

Mientras tanto, el ocelote hembra trepaba por el árbol, rama por rama. En un esfuerzo por ahuyentar a la fiera, le lancé la lupa, el silbato, el cuaderno y varios objetos más que encontré en el fondo de mi súper bolsillo. Todo esto solo irritaba al felino, que gruñía, feroz. Muy nerviosa, Maiara me apretó el brazo:

—¡Si ataca, estamos perdidos!

—Trata de quedarte quieta, Maiara. ¡Tú también, Pilar! —ordenó Bira.

—¡Trata tú de quedarte quieto! —le dijo Breno a Bira.

Entonces vimos a la pequeña fiera dar un gran salto y alcanzar la rama debajo de nosotros. Maiara y Bira salieron disparados y treparon hacia arriba del árbol, mientras Breno y yo nos quedamos paralizados por el miedo. Al mirar hacia abajo, notamos que el ocelote hembra no nos estaba mirando a nosotros. Parecía mucho más interesado en una cría de perezoso que estaba aferrada a una rama cercana, muy asustada. Mostrando su fuerza, el felino comenzó a patear a la cría.

—¡Pobrecito el perezoso! No quiero ni mirar —lamenté.

El ocelote hembra mostró los dientes, y ya estaba listo para morder a su presa, cuando Samba saltó de mis brazos y se interpuso entre la cría y el felino.

—¿Qué le ocurre a ese gato, Pilar? —preguntó Breno, nervioso.

—¡Está intentando salvar al perezoso! —respondí, orgullosa.

—¡Dile a tu gato que regrese o va a ser picadillo en dos minutos!

No tuve tiempo de reaccionar. Para sorpresa de todos, mi gato soltó un largo maullido y giró alrededor del ocelote hembra, muy creído de sí mismo. Por su parte, la pequeña fiera, en vez de atacar a mi gato, imitó su maullido. Samba bajó del enorme árbol, siempre maullando, como si llamara al ocelote hembra para un encuentro especial. Por más increíble que parezca, el felino fue detrás de él, con el rabo entre las piernas.

—¿Qué está ocurriendo?—preguntó Breno, sin entender nada.

—Creo que surgió un clima de... ¡amor animal! –dije, riendo.

—¿Será posible? ¡Son de especies distintas! –se sorprendió Breno.

—En este bosque encantado todo es posible –afirmó Bira.

—... y el amor no ocurre solo entre pares. Es siempre una cosa medio mágica, inexplicable, ¿no creen? –completó Maiara.

Curiosa, saqué mis binoculares de mi súper bolsillo y vi a Samba y al ocelote hembra hechos un ovillo, rodando por el suelo, ronroneándose uno al otro. No pude evitar reír:

—¡Esto es realmente increíble! ¡Samba decidió ponerse de novio con la gata más salvaje de la selva!

—¡Tengo que ver eso! –dijo Breno, tomando los binoculares de mis manos.

OCELOTE

Nombre científico: *Felis pardalis*.
Mamífero de la familia de los félidos.
Mide cerca de 60 centímetros y pesa
hasta 11 kilos.
En muchos países, el ocelote ya está
extinto, y en Brasil se encuentra
en peligro de extinción.
Otros nombres: tigrillo, gato montés,
manigordo, gato onza.
Tamaño: no es muy grande.
Color: amarillento, con manchas
negras.
¡Qué bizarro! ¡Creo que Samba está
enamorado de esta gata salvaje!

Un Kereré muy querido

Mientras Samba se llevaba al ocelote hembra lejos y todo se calmaba, Maiara descendió hasta la rama más baja del árbol y tomó al oso perezoso en sus brazos:

—¡Ven conmigo, ven! ¡No puedes quedarte solo!

—¿Cómo se habrá perdido de su madre? —quise saber.

—¿Será que la osa perezosa madre fue la cena del felino? —preguntó Breno.

—Por lo menos, la cría logró escapar. Pero me gustaría saber cómo un bebé perezoso consigue huir de las fieras si es tan lento —dije, intrigada.

—Creo que es porque los perezosos son muy buenos nadadores. Quizás esta cría escapó por el río —dijo Maiara, ya con los pies en el suelo y el pequeño colgando de su cuello.

—¡Qué lindo! ¿Puedo sostenerlo un ratito? —pedí, fascinada con la novedad.

Maiara colocó al pequeño en mis brazos y, completamente encantada, abracé a aquel animalito manso y tranquilo. ¡Qué adorable! ¡Parecía un bebé! Le hice mimos en la espalda, le di una hoja, y después él giró la cabeza más de ciento ochenta grados, para acompañar nuestra conversación.

—Dámelo. ¡Es mejor que nos vayamos ya!

—¿Te vas a llevar a la cría, Maiara? ¿Sabrás cuidarla? —se extrañó Breno.

–Claro que sí. Los perezosos adoran comer hojas de yagrumo. Ya tuve dos en casa, y ahora este irá conmigo adonde yo vaya.

Aprendí que tener perezosos como mascotas es un hábito bastante común para quien vive en el bosque amazónico. En vez de tener un gato o un perro, las personas crían perezosos, que andan sueltos por el jardín. ¡Ah, si yo viviera en una casa con jardín! Ah, si mi madre me dejara… ¡cómo me gustaría poder cuidar también a un perezoso! ¡Es tan bonito! Pero para eso debería vivir en un bosque o en un campo… Como vivo en un *apartamentículo*, me pareció mejor disfrutar un rato al perezoso de Maiara.

–¿Cómo lo vas a llamar? –pregunté.

–¡Va llamarse Kereré! ¿Qué te parece? –dijo Maiara.

–Me encanta. Además, ¡él ya es muy *quererido*! –bromeé.

Seguimos a Bira por el bosque rumbo a la canoa. Antes de partir, Breno

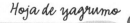

OSO PEREZOSO

Nombre científico: Bradypus infuscatus.
Tiene pelo largo y ojos caídos, ¡Es adoraaable!
Puede tener dos o tres dedos (¡con uñas
enormes!).
Se alimenta de hojas y hace justicia a su
nombre: ¡duerme catorce horas por día!
Cuando está sobre los árboles, es el más perezo-
so. ¡Pero en el agua es un gran nadador!
La cría de oso perezoso es una delicadeza.
¡Parece un bebé! ¡Muy quererido!

y yo llamamos a Samba. Lo llamamos diez, cien, mil veces, y nada… Mi gato no aparecía.

−¿Dónde se metió Samba? ¿Cómo me voy a ir sin él?

−¡Pronto vendrá detrás de ti, Pilar! −dijo Breno, intentando consolarme.

−¡Pero el bosque es inmenso!

−Ven, Pilar. Nos tenemos que ir −agregó Breno, abrazándome.

No teníamos alternativa, debíamos irnos de allí antes de que surgiera otro peligro. Todo lo que podía hacer era rogar que Samba nos encontrara después de su "noviazgo"…

Seguimos caminando, y cuando estábamos llegando a la canoa, Maiara apretó mi brazo, muy nerviosa:

—¿Sientes ese tufo horrible?

—¿Tufo? ¿Qué tufo? —me sorprendí, ya que nunca había escuchado esa palabra.

—Ese hedor espantoso. ¡Eso solo puede ser tufo de cobra! —exclamó nuestra amiga.

—¿Y las cobras tienen olor?

—¡Por supuesto que sí! Es horrible. ¿No lo sientes? ¡Apuesto que hay alguna cobra cerca! —alertó Maiara.

No soy de tenerles miedo a muchas cosas, ¡pero las cobras me causan pavor! De solo pensar que podía haber una escondida allí en la selva, sentí que me temblaban las piernas y

me quedé paralizada. Fue entonces cuando Maiara comenzó a gritar, apuntando hacia la canoa.

—¡Es la Boyuna! ¡Es la Boyuna!

Tomé la linterna, iluminé la canoa y dentro de ella vimos una serpiente enorme de ojos tan encendidos que parecían faroles. La bestia debía medir casi diez metros de largo y estaba toda enroscada en el cuerpo del leñador.

Abrazo de anaconda

¡Nunca sentí tanto miedo en toda mi vida! Aquello no era un miedito tipo pesadilla, no. Era un miedo terrible, un *miedotón*, un nombre que acabo de inventar para el peor miedo que pueda existir en este mundo. La serpiente que estrujaba al leñador era aterrorizante, horrible, asquerosa. Intenté gritar, pero la voz no salió de mi garganta. Intenté correr, pero mis piernas no se movieron. Lo único que pude hacer fue apretar la mano de Breno. Mientras tanto, Maiara repetía, nerviosísima:

—¡Es la Boyuna, es la Boyuna! ¡Es la Cobra Grande!

—¡Parece una anaconda gigante! ¡Vi la foto en Internet! —dijo Breno, espantado.

Cuando finalmente logré hablar, mi voz salió bajita:

—¿Esta serpiente es venenosa?

—No. Ella aprieta hasta quebrar todos los huesos y después se traga a la víctima —explicó Bira.

—¡Tenemos que ayudar al leñador, pobrecito! —murmuré, en shock.

En ese preciso momento, Bira tuvo una idea. Tomó piedras del suelo y, con valentía, se las arrojó a la serpiente, gritando:

—¡Sal de allí! ¡Vete ya!

Breno y yo hicimos lo mismo y arrojamos varias piedras hasta que una acertó de lleno en la enorme anaconda verde.

Ante el impacto, ella se desenrolló del cuerpo del leñador, y se deslizó hacia el bosque, con calma, como si no nos prestara la más mínima atención. Cuando nos aproximamos a la canoa, vimos que el leñador tenía la respiración entrecortada, y casi no podía hablar:

—¡Rompió mis huesos! Rompió…

—¿Habrá un hospital aquí cerca? —pregunté.

—No. Estamos lejos de todo —dijo Maiara, preocupada.

—¡Ya sé! ¡Vamos a la casa del profesor! —decidió Bira.

Ya en la canoa, Bira tomó un remo, Breno tomó el otro y remaron, apresurados, hacia afuera del bosque. Mientras tanto, yo intentaba reconfortar al leñador, que gemía de dolor. La noche caía rápidamente y sonidos cada vez más extraños surgían del oscuro bosque. De repente, el leñador soltó un largo suspiro y se desmayó.

ANACONDA VERDE

Serpiente sin veneno que mata por constricción (apretando a la víctima hasta que se queda sin aire).

Nombre científico: Eunectes murinus.

Tamaño: puede medir más de 12 metros de largo.

Olor: en general, en la época de apareamiento, la anaconda suelta un olor fuerte para atraer al macho.

Color: la anaconda verde (la más común en la región amazónica) tiene piel verdosa con manchas negras.

Recibe distintos nombres, como sucurí, cobra sucurí, Cobra Grande, Madre del Agua y cobra Norato. También se la conoce como la Boyuna.

Leyenda: cuentan que la Boyuna es una serpiente gigantesca que vive en el fondo de los ríos y es la guardiana de la noche. Tiene ojos brillantes que destellan en la oscuridad e hipnotizan a las personas: ¡qué aterrorizante! ¡Las serpientes me causan pavor! ¡Creo que esta noche tendré pesadillas horribles!

ÇU X MIRIM

En este viaje aprendí un poquito de tupí-guaraní y descubrí que açu significa "grande", "alto", "largo". Sucurí açu quiere decir "serpiente grande"; gotaçu, "gato grande"; Iguaçu (Foz de Iguazú), "agua grande" o "lago grande". Já mirim significa "pequeño".

La noche y sus historias

Nuestra canoa siguió por el río, apenas iluminada por la luna. Breno y Bira remaron sin parar, hasta que vimos una luz distante: era la casa flotante del profesor. Apenas amarramos la canoa en la casa, comenzamos a gritar:

–¡Profesor, ayuda! ¡Traemos a un hombre moribundo!

Entonces, un hombre de camisa blanca, jeans y chinelas apareció con un farol en las manos.

–¿Qué pasó?

–¡La Boyuna atacó al pobrecito, profesor! –contó Bira.

–Fue estrujado por una anaconda gigante –dijo Breno.

–La Cobra Grande se vengó de él, porque maltrató al bosque –completó Maiara.

–¡Debe de estar todo roto por dentro! Debemos llamar a un médico urgente –pedí, preocupadísima.

–Vamos a llevarlo adentro ahora mismo –dijo el profesor, cargando al leñador.

Mientras lo examinaba, el pobrecito gimió de dolor, aún desmayado. La situación era grave y, por la radio, el profesor logró llamar a un médico. Después hizo una serie de preguntas a Bira:

–¿Viste a la serpiente? ¿Conoces a este hombre, Bira?

–Lo conozco. Es primo de un primo de mi madre. Siempre ganó buen dinero cortando madera. Y la ponzoñosa era enorme, profesor! ¡Medía casi diez metros!

–Debía de ser grande, por el daño que hizo… ¿Podrás ir con él al hospital, Bira? Va a necesitar ayuda.

–Sí, por supuesto. Quédese tranquilo.

Después de vendarle las costillas al leñador, el profesor le dio un medicamento para aliviar el dolor. Casi una hora después, una especie de *ambulancha* llegó por el río, y paró en la puerta de la casa flotante.

–¿Estará bien, profesor? –quise saber.

–Crucemos los dedos…

–Casi nadie escapa de la Boyuna… –insinuó Maiara.

–Prometo que los mantendré informados –dijo Bira, mientras partía en la *ambulancha*.

–Apuesto a que vas a llegar al hospital "mejorando" la historia de tu primo –sugirió Breno.

–¡Esta historia no necesita ser "mejorada"! ¡Nació lista! –dijo Bira, antes de que la *ambulancha* se alejara.

Después de que partieron, el profesor ayudó a colgar las hamacas para que pasáramos la noche en su casa, y también nos ofreció tazones con bolitas crocantes de tapioca, ¡que devoramos, hambrientos!

Maiara alimentó al perezoso con hojas, mientras yo aproveché para colocar un pote de *açai* del lado de afuera de la casa, con la esperanza de que Samba me encontrara. Estaba cada vez más preocupada por el gato. No sabía si aún estaba de novio en la selva o si había ido a parar a la panza de la Cobra Grande. De solo pensar en eso, sentí un estremecimiento, una tristeza sin fin. ¿Podría sobrevivir solo en la oscuridad, en medio de tantos peligros? Al notar mi preocupación, Breno me tranquilizó:

–Los gatos son muy astutos, Pilar. ¡Samba regresará pronto!

–¡Ojalá! Si él está feliz con el ocelote hembra, todo bien. Pero si se convirtió en la cena de la serpiente… ¡Ay, no quiero ni pensarlo! ¿Volveré a ver a mi gato alguna vez?

–Seguro que sí. Deja el *açai* allí, que en una hora aparecerá.

Cuando ya estábamos todos en nuestras hamacas, Maiara comenzó a pelar un cumare y a contar la historia de la Boyuna que su bisabuelo le había contado a su abuelo, que a su vez le había contado a su madre, que se la contó a ella:

–Al principio, solo existía el día. La noche no existía aún. Entonces, todo el mundo vivía cansado, muerto de sueño, bostezando por los rincones. La hija de la Cobra Grande estaba casada con un hombre muy bueno, que trabajaba sin parar. Trabajaba tanto que vivía exhausto, pero no lograba descansar porque la noche no existía. Para ayudar a su marido, la hija de la Cobra Grande contó que su madre guardaba la noche muy bien guardada, allá en el fondo del río, en un lugar del que solo ella, la Boyuna, sabía.

—¡Yo no iría detrás de ella ni por todo el oro del mundo! —dije, todavía asustada.

—Pero tres hombres muy corajudos se ofrecieron para ir a conversar con la Cobra Grande.

—¡Eso es ser valiente! —exclamé, petrificada.

—¡Eso es estar loco! —comentó Breno.

—Bueno, los tres hombres partieron. Caminaron, caminaron mucho, hasta que llegaron a la orilla del río y vieron a la enorme serpiente sobre una piedra, descansando. ¡Ella era más larga que diez hombres juntos! Al sentir la presencia humana, la serpiente sacó la lengua bífida y preguntó: "¿Quiénes son ustedes?". "Vinimos aquí por pedido de tu hija. Quiere que tú nos entregues la noche, para que su marido pueda descansar", respondieron los hombres, temblando de miedo. En ese momento la Boyuna se enroscó toda y parecía lista para atacar. Los tres hombres gritaron, cerraron los ojos, y cuando los volvieron a abrir, la Cobra Grande estaba regresando del fondo del río con un carozo de cumare: "La noche está ahí dentro. Entréguenle este carozo a mi hija, ¡y ni se les ocurra abrirlo! ¿Entendieron?".

—¡Esa sí que es buena! ¿Quiere decir que la noche entraba dentro un cumare? —se extrañó Breno, mirando aquel fruto tan pequeño que Maiara mostraba mientras contaba la historia.

—¡Qué interesante! ¿Puedo verlo de cerca? —le pedí a Maiara.

Ella me entregó un carozo de cumare; cuando comencé a agitarlo, noté que hacía un ruido extraño. Parecía que había algo adentro…

Maiara siguió con su relato:

—Nadie podía imaginarlo, ¡pero la noche estaba comprimida dentro del cumare! Y cuando los amigos tomaron el carozo, empezaron a escuchar el croar de sapos, el canto de grillos, el ulular de lechuzas… ¡y todo eso les despertó aún más la curiosidad!

—¡Apuesto a que abrieron el carozo en el medio del camino! —dije, ansiosa.

—¡Eso mismo! Mientras la Cobra Grande se zambullía de nuevo en el río, ellos hicieron una fogata, ablandaron el carozo y lo abrieron. Entonces, la noche salió de adentro y cubrió el cielo por mucho tiempo. La primera noche fue la más larga que existió. Todos creyeron que el día no regresaría nunca más, y como el cielo estaba oscuro, ¡el yerno de la Boyuna se convirtió en un perezoso que dormía todo el tiempo!

—Caramba, ¡qué hombre tan exagerado! O trabaja de más o descansa de más…

—Pues, sí, Pilar. Pero si él dormía de más, era porque las noches y los días aún no habían sido separados. O había días seguidos de días, o había una noche interminable. Como no estaba contenta con esa situación, la hija de la Cobra Grande pidió a su madre que separara las noches de los días, y eso fue lo que la Boyuna hizo. Y es así hasta hoy: después de la noche viene el día, después del día viene la noche.

—¿Y qué sucedió con los hombres que abrieron el carozo de cumare? —quise saber.

—Ah, esos entrometidos fueron transformados en monos y siguen hurgando en todo lo que encuentran por la selva —rio Maiara.

—Es mejor que ustedes aprovechen que la noche existe, para descansar un poco. ¡Deben de estar exhaustos! —dijo el profesor apagando la luz.

No sé si Maiara contó algo más, porque poco después mi cuerpo venció a mis pensamientos y me dormí.

CUMARE

Nombre científico: *Astrocaryum aculeatum*.
Un tipo de palmera que puede medir hasta 20 metros de altura.
Usos: el fruto es como una cáscara fina que mucha gente come con tapioca. Con el carozo del cumare, la gente hace anillos y aretes.
Leyenda: dicen que la noche, antes de ser liberada, estaba guardada en un carozo de cumare. Cuando se sacude este carozo, se escucha un ruido muy curioso...

PALMERA DE AÇAÍ

Nombre científico: Euterpe oleracea.

Especie de palmera de la región amazónica que puede medir hasta 25 metros y que da el açaí, un fruto violáceo muy importante en la alimentación del norte de Brasil.

Leyenda: dicen que en tupí açaí significa "fruto que llora". Cuenta la leyenda que una tribu pasaba hambre y, por eso, el cacique mandó matar a los bebés recién nacidos para disminuir la población. Al ver a su hija muerta, una de las indias tuvo alucinaciones, e imaginándola viva, se abrazó a ella. Cuando encontraron a la india, ella estaba aferrada a una palmera de açaí cargada de frutos. Con ellos prepararon un jugo que alimentó a toda la tribu.

Usos: el açaí puede tomarse helado, con azúcar y tapioca, o comerse hecho pirão junto con pescado. El pirão, un típico plato brasileño, es una papilla de harina de yuca que se prepara mezclando esta con agua o caldo caliente. Con las semillas de este fruto se hacen collares muy bonitos. ¡A mi gato Samba le encanta el açaí!

Nuestro desayuno en la casa del profesor:

Mungunzá
(papilla de maíz)

Jugo de copoazú

Pupuña cocida

Tapioca de queso

Píos y charlas

Al día siguiente cuando nos despertamos, el profesor había preparado un desayuno increíble, con tapioca de queso, pupuña cocida, además de *mungunzá*, bien dulce y calentito. Para completar, ofreció jugo de copoazú, que bebimos hasta que se nos hinchó la panza. Con la luz del día, comencé a pensar que conocía al profesor de algún lugar.

—¿Qué ocurre? —me preguntó, al notar que lo miraba.

—Es que… mi gato se quedó en la selva y lo extraño —improvisé, disimulando la sospecha que crecía en mí.

—Mientras esperamos a que tu gato regrese, ¿qué les parece si intentamos llamar a algunos pajaritos? —me sugirió.

—Profesor, ¿sabía que Pilar tiene la colección más grande de silbatos para llamar pajaritos de todo Río de Janeiro? —contó Breno.

—¿En serio? ¿Puedo ver?

—Están todos en su súper bolsillo. Quiero decir, casi todos, porque uno quedó de regalo para el Curupira … —comentó Breno.

—Y apuesto a que al Curupira le encantó —dijo Maiara.

—¡Muéstrale, Pilar!

—Calma, Breno. ¡Tengo muchas cosas metidas aquí dentro y los silbatos deben de estar en el fondo!

—Yo también sé imitar a algunos pajaritos —dijo Maiara, mientras silbaba por la ventana.

En cuanto encontré todos mis silbatos, fuimos afuera, donde comenzamos a llamar a los pájaros. Maiara silbó bonito llamando a los zorzales mandioca; Breno tomó un silbato para llamar a los benteveos; yo elegí un silbato para los periquitos; el profesor intentó atraer al más raro y bello de los pájaros amazónicos: el uirapuru. De repente, algunos pájaros se acercaron y una cotorrita del sol se posó en la cabeza de él. Al ver eso me quedé maravillada. ¡Qué increíble! ¡Ojalá pudiera atraer un pájaro así cerca de mí, como si yo fuera un árbol! El profesor notó mi *enmaravillamiento* y, leyendo mis pensamientos, habló casi sin moverse para no asustar al pajarito:

–Tú también puedes, Pilar. Cierra los ojos y llama a los pajaritos. ¡Llámalos con todas tus ganas! Y coloca unos pedacitos de pan en tu mano.

De inmediato, hice lo que me dijo el profesor. Tomé los pedacitos de pan, cerré los ojos y silbé –sin silbato– inventando un canto bien distinto. Silbé y silbé con todas mis fuerzas, y me quedé paradita hasta que sentí una picazón en la mano. ¡Ay, qué susto! Al abrir los ojos, ¡vi a una tangara mexicana con panza amarilla y cuerpo azul! ¡Era el pájaro más bonito que había visto en la vida! Y estaba allí, en mi mano, cantando solo para mí.

–¡Que lindura! ¡Y no me tiene miedo! –murmuré, encantada.

–¡Le gustaste! ¡Conversa con ella! –dijo el profesor.

ZORZAL MANDIOCA

UIRAPURU

BENTEVEO

PERIQUITO

COTORRITA DEL SOL

TANGARA MEXICANA,
¡CANTANDO PARA MÍ!

–¡Ya estamos *silbaconversando* hace tiempo!

–¿*Silbaconversando?* –se extrañó el profesor.

–Eso, una conversación silbada, ¿comprende? ¿Cree que ella me entenderá? ¿Podré convertirme en una domadora de pájaros? –pregunté, feliz.

–Pilar, los pájaros no se pueden domar. Son seres muy libres –dijo Breno.

–Tienes razón. Entonces, en vez de domadora, quiero ser encantadora de pájaros. ¿Crees que lo lograré?

–Tal vez. Ella quedó encantada con tu sonido –dijo el profesor.

–¡Y con los pedacitos de pan, claro! –acotó Breno.

El juego no duró mucho y fue por mi culpa. De repente, sentí unas ganas terribles de estornudar, y ella huyó asustada con mi estornudo "atómico". Mis amigos siguieron silbando por un buen rato, mientras yo miraba hacia la selva, buscando a Samba. ¡Cómo extrañaba a mi gatito! ¿Dónde estaría? No se oía ningún maullido, ni una señal de mi felino enamoradizo. Hasta su tazón con *açaí* seguía lleno, intacto.

Cuando los pajaritos se fueron, Maiara decidió alimentar al perezoso de nuevo, y Breno siguió al profesor para ir a pescar a la orilla de su casa. Mientras los dos preparaban los anzuelos con los cebos, me senté cerca de ellos, saqué la noticia de mi súper bolsillo y, sin demora, resolví encarar el asunto que tanto me intrigaba:

UIRAPURU

Especies: hay muchas especies de uirapuru,
como el uirapuru rojo, el uirapuru arqueado,
el uirapuru del norte y el uirapuru
verdadero. El nombre científico del uirapuru
es *Cyphorhinus arada*.

Maiara y el profesor contaron que el
uirapuru trae suerte en el amor. Por eso,
muchas personas lo capturaron, y ahora
está en peligro de extinción.

Leyenda: dicen que un indio se enamoró
perdidamente de una india, pero ella estaba
casada con el cacique de la tribu. Como
no podía acercarse a ella, el indio enamorado
pidió al dios Tupá que lo transformara
en pájaro. Su pedido fue atendido y empezó
a cantarle todas las tardes a su amada.
Desgraciadamente, no logramos atraer a
ninguno de ellos. El profesor dijo que su
canto es el más bonito que existe: largo, lindo
y mágico.

–Profesor, ¿por casualidad, es usted el investigador que mencionan en este periódico?

–¡Qué coincidencia! ¿Dónde conseguiste eso, Pilar? ¡Soy yo, sí! –afirmó el profesor, sorprendido con la noticia que yo le mostraba.

En este momento, ¡mi corazón se desbordó de alegría! ¡Finalmente había encontrado a quien tanto buscaba! Breno entendió mi razonamiento, y con actitud de Nico Necas, tomó su cajita de fósforos del bolso y disparó varias preguntas:

–Profesor, ¿hace cuánto tiempo que está escondido en la selva haciendo investigaciones? ¿Usa Internet? ¿Se siente muy solo?

–¿Qué es esto? ¿Una entrevista? –bromeó.

–Es una especie de investigación. ¿Por casualidad vive aquí desde hace más de diez años? –insistió Breno.

–Más o menos –rio el profesor. Ya hace diez años que investigo en esta región. Es más: esta va a ser una noche muy importante para mi trabajo y tal vez ustedes puedan ayudarme.

–Profesor, solo una preguntita más: ¿por casualidad, su nombre es Roberto?

–¡Sí, Pilar! ¡¿Cómo adivinaste?!

Breno y y nos miramos, entusiasmados. Me empezaron a temblar las manos, se me secó la garganta y me puse tan nerviosa que tuve que correr hacia la casa y beber un buen vaso con agua. Breno vino detrás de mí e hicimos una reunión de emergencia de la SEI:

–¿Crees que es él?

–Puede ser. Tiene el mismo nombre que mi padre: ¡Roberto!

–¡Eso es increíble! –exclamó Breno.

–¿Y ahora? ¿Crees que debo hablar con él?

–No, no, Pilar. Vamos a esperar un poco más para confirmar los hechos –sugirió mi amigo.

Estuve de acuerdo con Breno y decidimos que, por el momento, no le diríamos nada al profesor. Confieso que eso fue bastante difícil, porque mi deseo era gritar bien fuerte y contarle al mundo entero la gran novedad: ¡por fin había encontrado a mi padre!

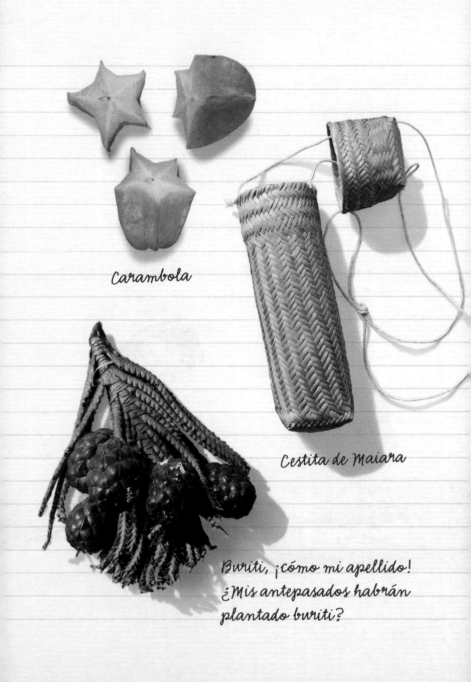

Carambola

Cestita de Maiara

Buriti, ¡cómo mi apellido!
¿Mis antepasados habrán
plantado buriti?

Luna llena

Regresamos junto al profesor y decidí ofrecer nuestra ayuda. Al final, estaba cerca de dejar de ser una *despadrada* y no tenía el menor deseo de partir de allí antes de aclarar bien aclarado el mayor misterio de mi vida.

–¡Puede contar con nosotros para la investigación de hoy a la noche! –dije.

–¿Pero en qué consiste esa investigación que viene haciendo desde hace tanto tiempo? –preguntó Breno para entender mejor.

–Estudio los hábitos de las amazonas, mujeres que viven en esta selva, sin hombres en su comunidad. Como soy hombre, solo puedo observarlas desde lejos. Pero, una vez por año, en la sexta luna llena, ellas van al lago Verde, donde se arreglan y encuentran compañeros. Solo esa noche ellas dejan que los hombres se acerquen.

–Es impresión mía o esa sexta luna llena del año es exactamente... ¡¿hoy?! –observó Maiara.

–¡Es hoy, sí! Si ustedes, chicas, pudieran ir conmigo al encuentro de las amazonas, tal vez ellas las dejen acercarse un poco más –dijo el profesor.

Estábamos muy entusiasmadas con la idea de conocer a aquellas indias misteriosas que se escondían en la selva. Por eso, cuando anocheció, embarcamos con el profesor en una canoa a remo, y partimos para el lago Verde. Recorrimos el río casi sin hacer ruido, y llegamos a una playa de arena muy blanca. Mi padre (¡ay, qué lindo es escribir esas cinco letritas!) escondió la canoa detrás de un arbusto y esperamos un buen tiempo en silencio. Durante horas y horas nada ocurrió y supimos que la tarea exigiría mucha paciencia.

Algún tiempo después, apareció en la selva un grupo de mujeres casi desnudas, con los cabellos negros y largos cubriendo sus cuerpos. Traían arcos, flechas, instrumentos musicales, cestos y adornos. Apenas pisaron la playa, prepararon una gran fogata y comenzaron a bailar y cantar alrededor de ella.

—¿Qué será lo que están cantando? —pregunté bajito.

—Ellas le cantan a Jaci, la gran luna —respondió el profesor.

—Jaci es hermana de Coaraci, el sol. La luna y el sol son muy importantes para quien vive en la selva. Con la luna llena, la noche está clara y todos los caminos se abren —contó Maiara.

Cuando el canto terminó, las amazonas corrieron a zambullirse en el lago, en medio de risas y divertidas. En ese instante el profesor preguntó.

—¿Crees que podrás acercarte a ellas, Pilar?

—Nunca nadé a la noche, pero con esta luna enorme no me da miedo. ¡Sí, voy!

—¡Yo también! —dijo Maiara, ofreciendo ayuda.

JACI
Luna, en tupí.
A veces se llama Iaci o Iacy.
Considerada la madre de los vegetales.
Esposa y hermana de Coaraci, el sol.
¡Adoro las noches de Jaci llena!

COARACI
Sol, en tupí.
Considerado el creador de los seres vivos
y protector de los animales.
Marido y hermano de la luna, Jaci.
¡Adoro los días de Coaraci fuerte,
sin lluvia!

Entonces, las dos entramos en el agua y despacito, nos acercamos a las amazonas. Cuando nos vieron, se asustaron y nadaron de regreso a la playa. Maiara y yo decidimos no ir detrás de ellas. Nos quedamos en el agua, flotando, y nuestra táctica resultó, pues poco después ellas regresaron, curiosas. Tocaron nuestro cabello, nuestras ropas. Enseguida, se dirigieron hacia el fondo del lago y se zambulleron.

Aquella noche especial, la luna iluminaba todo tan bien que podíamos ver perfectamente lo que ocurría debajo del agua. Las amazonas nadaban hasta el punto más hondo del lago y regresaban a la superficie con piedras verdes y relucientes en las manos. Encantadas, Maiara y yo decidimos hacer lo mismo: seguimos a las amazonas debajo del agua hasta el lugar desde donde ellas retiraban las piedras. Quiero decir... cuando tocamos aquello, notamos que no eran exactamente piedras, sino una masa verde y blanda que podía ser moldeada y solo se endurecía al ser retirada del agua.

–¡Qué increíble! ¡Mira cómo brilla! –exclamé.

–¿Será una piedra mágica? –preguntó Maiara.

Vimos que las amazonas daban la forma que querían a la masa verde: sapo, pescado, tortuga. Entusiasmada, resolví esculpir un gato, mientras Maiara hacía un perezoso.

Con la masa verde ya moldeada, las amazonas salieron del agua y colocaron sus pequeñas esculturas cerca de la fogata para que se secaran. Después, lideradas por una de ellas, volvieron a bailar y a cantar alrededor del fuego. Decidimos imitarlas y nos divertimos mucho, cantando y girando allí en la playa.

Cuando la luna alcanzó el punto más alto del cielo, la líder de las amazonas tocó un tambor y vimos acercarse un barco, con algunos hombres a bordo. Hice una señal a Breno y al profesor para que se acercaran:

–¡Vengan! ¡Vengan ya!

Cuando el barco de los visitantes se detuvo en la playa, las amazonas tomaron sus arcos y apuntaron las flechas hacia ellos. Esa recepción no era para nada amigable, y Maiara y yo nos quedamos paralizadas, temiendo una confrontación. Sin embargo, los hombres demostraron que no venían en son de guerra. Por el contrario, traían espejos, peines y perfumes de regalo para las amazonas. Breno y Roberto llegaron después, con flores que recogieron allí en el matorral, de improviso.

Nuestros amigos fueron amarrados junto con los demás en el medio de la playa, y tuve que esforzarme para no reírme al ver la cara que puso Breno cuando lo hicimos "prisionero".

—¡Vas a tener que obedecernos, si no quieres recibir un flechazo! —bromeé.

—Esto es serio, Pilar. ¡Estas mujeres parecen muy bravas! —susurró él, tenso.

Muiraquitã catu!

Con los hombres inmovilizados y amarrados cerca de la fogata, las amazonas retomaron el baile, y una vez más, Maiara y yo hicimos lo mismo. Cuando pasé cerca de Breno, él estaba hablando con el profesor.

—¿Y ahora qué hacemos? ¡Creo que estamos en gran peligro!

—Quédate tranquilo, Breno. Ya vi este ritual de lejos algunas veces. Ahora ellas van a elegir a los hombres que prefieran.

—¿Y si no nos eligen? ¿Qué es lo que harán?

—Ya lo sabrás…

La verdad es que yo también sentía curiosidad y fue una gran sorpresa cuando vi a las amazonas acercarse a los hombres con calabazas llenas de tinta. Cada una de ellas empezó a pintar los brazos y las piernas del hombre que más le gustaba. Por suerte, ninguna llegó cerca de Breno y, divirtiéndome como nunca, decidí pintar el cuerpo de mi amigo.

—¡Tus piernas van a quedar lindas con mis dibujos! —bromeé.

—Deja de hacer eso, Pilar. ¡Voy a quedar ridículo!

—¡Para nada! ¡Vas a tener unos tatuajes increíbles!

—¿Tatuajes? ¿Estás bromeando? ¿Esta tinta va a durar para siempre?

—¡Calma, Breno! Maiara me dijo que es tinta de jagua. Tiene que salir con agua. Y hoy somos nosotras, las mujeres, las que mandamos aquí. ¡No tienes escapatoria!

–¡Eso va a cambiar! Ya lo verás.

–¡Veremos! –provoqué.

La líder del grupo volvió a tocar su tambor, ahora con un ritmo más fuerte. Entonces, todas tomaron las pequeñas esculturas que habían hecho con la masa verde, ya insertadas en un collar. Maiara me explicó de qué se trataba.

–Cuando la persona recibe ese amuleto, que se llama *muiraquitã*, su amor aumenta…

–¿Cómo es eso? –pregunté sin entender.

–Si el hombre que recibe el *muiraquitã* siente algo de amor, ese amor va a crecer…

Enseguida, vimos a la líder de las amazonas acercarse al profesor y ponerle el amuleto en su cuello, diciendo:

–*Muiraquitã catu.*

De inmediato, el amuleto del profesor comenzó a brillar de una forma especial, como si acompañara los latidos de su corazón. Impresionada, ofrecí mi amuleto a Breno y repetí:

–*Muiraquitã catu.*

El collar de Breno también comenzó a brillar, a un ritmo tan intenso que me asusté un poco.

Finalmente, los hombres fueron desatados, y al verse libre, Breno me sujetó del brazo y me dijo:

–¿Sabes que voy a hacer contigo?

–No tengo la menor idea –dije, riendo.

Breno agarró la tinta de jagua y salió corriendo detrás de

Jagua

mí. Intenté huir pero fue más rápido y me alcanzó. Entonces, pintó todo mi rostro: mejillas, ojos y frente, mientras yo me reía. Después, decidió pintar mis labios y, de repente, su boca se apoyó sobre la mía, en un beso largo, muy largo, que yo quería que nunca terminara. ¡Ay, qué lindo ser besada por quien te gusta! ¡Una, dos, tres, mil veces! ¡Qué minutitos más infinitos e inolvidables! Entre nosotros, la luz del *muiraquitã* parpadeaba sin cesar, a gran velocidad. Y cuando intentamos separarnos, nos dimos cuenta de que nuestras bocas estaban pegadas por la tinta de jagua. "¿Acaso quedaríamos presos el uno del otro para siempre?", pensé, sin poder hablar.

—¡Mejor nos zambullimos en el lago urgente! —murmuró Breno, con los labios presos en los míos.

Con bastante agua, logramos despegarnos y nos reímos mucho. Intentamos sacarnos la pintura de nuestros cuerpos, uno refregando arena en el otro, ¡pero no era una tarea simple! Parecía que tendrían que pasar algunos días más para que la tinta saliera…

JAGUA

Nombre científico: *Genipa americana*. Puede medir hasta 14 metros de altura.

Usos: la jagua es muy utilizada para hacer dulces y licores. De este fruto también se extrae una tinta negra que sirve para pintar el cuerpo. En tupí, jagua significa "fruto para frotar" o "fruto para pintar".

¡Me encantó jugar a pintar con tinta de jagua! ¡Qué divertido!

Un viento más fresco nos hizo salir del agua y regresar cerca de la fogata, donde servían tacacá, un caldo muy sabroso con camarones salados y una hoja de flor eléctrica, una planta que posee propiedades medicinales. Al comer esa hoja, sentí que se me dormían los labios y la boca; era una sensación muy placentera y diferente.

—¿Sientes la boca medio anestesiada? —pregunté a Breno.

—Sí. ¿Eso hace mal o ayuda?

—¿Hace mal o ayuda a qué cosa, Breno?

Entonces, Breno acercó su rostro al mío una vez más, y confieso que me quedé sin palabras. Cerré apenas los ojos y suspiré, deseando más.

LAS AMAZONAS

Leyenda: Son mujeres fuertes
y guerreras, lindas y muy libres,
que andan desnudas, escondidas
por el bosque. Viven en comunidades
solo de mujeres y se encuentran
con hombres apenas una vez al año.
Ese día escogen a un compañero,
a quien entregan el muiraquitã
y pueden regresar a encontrarse con
él al año siguiente.
Cuando los españoles entraron en
barco por el río Amazonas en 1541,
fueron atacados por indias valientes
a quienes llamaron "amazonas", como
las guerreras griegas. De ahí viene el
nombre de nuestro río más grande.

MUIRAQUITÃ

Es el nombre del amuleto amazónico
hecho de piedra verde. Puede tener
varias formas. El más común es el
de un sapo, que es un símbolo de fertilidad.
Cuando las amazonas eligen a sus hombres,
les entregan el amuleto diciendo:
"Muiraquitã catu".
Quien recibe el muiraquitã siente que su
amor crece, y en ese momento todos saben
que esa persona es la "elegida" de alguien.
¡¿Breno sabrá lo que eso significa?!

Pupuña

Fin del misterio

A la mañana siguiente, de regreso a la casa del profesor, noté que Maiara traía su *muiraquitã* guardado en la cestita de paja. Eso significaba que no había elegido a nadie durante el ritual de las amazonas. Breno y el profesor llevaban sus collares colgando y muchos recuerdos de lo que habían vivido en la víspera.

Durante el desayuno, comí pupuñas sin parar. ¡Qué fruto sabroso! Comí tantos que me quedé completamente *empupuñada*, con la panza a punto de explotar.

PUPUÑA

Nombre científico: *Bactris gasipaes*.
Es una especie de palmera que puede alcanzar 20 metros de altura. El fruto se llama "pupuña" y es delicioso cuando está cocido.
Usos: la pupuña sirve también para hacer pasteles dulces y helados. Dentro de su raíz tiene el palmito de pupuña, que es delicioso. ¡Cuando empiezo a comer pupuñas no logro parar, y siempre termino empupuñada!

A pesar de las pupuñas deliciosas que había sobre la mesa, noté que el profesor no comía nada. Dibujaba a la líder de las amazonas a la perfección y suspiraba, con pensamientos distantes. ¿Estaría enamorado? ¿Se habría enamorado así de mamá en el pasado? No pude contenerme y decidí hacer de una buena vez todas las preguntas que estaban atragantadas en mi garganta desde hacía mucho tiempo:

—Profesor Roberto, ¿cómo conoció a mi madre, Ana Buriti? ¿Recuerda cómo se enamoró de ella? ¿Estuvieron de novios mucho tiempo? ¿Por qué después huyó?

—¡Espera! ¡Cuántas preguntas! ¿Quién es Ana Buriti?

—¿¡Cómo puede ser que no se acuerde!? ¡Ustedes estuvieron de novios! ¡Fue muy importante! —respondí, un poco nerviosa.

—Calma, Pilar, tal vez él no sea quien tú crees —dijo Breno.

—¿Cómo que no? Él es el profesor de la nota del periódico, ¿no es cierto? Además, se llama Roberto; o sea, tiene exactamente el mismo nombre que mi padre.

—Sí, mi nombre es Roberto Paventis. Pero… ¿padre? ¿De qué están hablando? —preguntó el profesor, sin entender nada.

En ese momento, sentí que se me cerraba la garganta, que el suelo se movía, y todo comenzó a hervir en mi interior. Casi gritando, repetí aquel nombre:

—¿Roberto Paventis? Ese no es el apellido de mi padre…

—Pilar, busca la lupa, la foto de tu padre y el artículo del periódico —me pidió Breno, con actitud de detective.

A esta altura, Roberto nos miraba, totalmente confundido:

—¿Me pueden explicar qué está ocurriendo?

—Pilar, estos dos hombres no son la misma persona —afirmó Breno después de analizar bien las fotos.

Entonces, el profesor tomó la pequeña foto, la miró y miró, hasta que finalmente habló:

—Parece que estás buscando a alguien parecido a mí. Pero, desgraciadamente, no soy el hombre de la foto.

—Pero... ¿está seguro de que no? —pregunté, decepcionada.

—Lo siento mucho, Pilar, pero el profesor Roberto no es tu padre. Ellos solo son sosias, o sea, ¡dos hombres muy parecidos! —concluyó Breno.

El profesor se levantó y me abrazó de una forma cariñosa; mirándome profundamente a los ojos, dijo:

—Escucha, Pilar, yo no tengo hijos. Pero si tuviera una hija, me gustaría que fuera exactamente como tú. ¡Sería un gran orgullo ser padre de una chica tan genial!

Las palabras del profesor eran gentiles, pero no era lo que quería escuchar. Es más, nada de lo que dijera podría consolarme. Estaba devastada. Había escrito la palabra "papá" varias veces en mi diario, había creído que, finalmente, resolvería el mayor enigma de mi vida, que un día hasta podría tener una familia más grande, y ahora, ¡todo volvía al punto de partida!

¡Qué *bronca*! ¡Qué *broncaza*! ¿Por qué todo en mi vida tenía que ser tan complicado y diferente?

Corrí hacia la parte de afuera de la casa, intenté contener el llanto, pero no lo logré. Tenía rabia, mucha rabia:

–¡Yo quiero un papá! ¡Quiero a mi papá! –grité para que toda la selva lo escuchara.

Sin decir nada, Breno se acercó, nos abrazamos y me acarició el cabello. Nos quedamos allí juntos, quietos; a veces, no hay nada que hacer o decir…

Rumbo al mar

De repente, fuimos sorprendidos por un maullido muy familiar:

—¡Es Samba! ¡No puede ser otro, Breno! ¡Mi gato volvió!

Al ver a mi gato aparecer lleno de hojas y de arañazos, ¡corrí para abrazarlo! ¡Que ser tan adorable! Acaricié su pelo, intenté curar sus arañazos, pero no me dejó y se fue a lamer sus heridas solo. Mientras yo preparaba un tazón de *açaí* fresquito para él, Breno corrió para avisarles al profesor y a Maiara. Estábamos todos disfrutando el regreso de Samba cuando Bira nos llamó por la radio. Por suerte, eran buenas noticias: ya tenía los pasajes para que viajáramos en el próximo barco rumbo a Belén, y el leñador se estaba recuperando bien.

Le pedimos al profesor que nos llevara al puerto de Santarém y, media hora después, estábamos despidiéndonos:

—¡Hasta algún día, falso padre! —bromeé.

—¡Hasta algún día, hija de mis sueños! —bromeó también él.

Nos abrazamos y subí al barco con Breno y Maiara; allí nos reencontramos con Bira, rodeado de mucha gente, y hablando como siempre, contando sobre la serpiente que había intentado tragarse al leñador:

—Era una anaconda gigante. ¡Medía más de cincuenta metros! ¡En este momento, el leñador estaría dentro del estómago de aquella bestia!

–Menos, Bira. ¡Menos! ¡La cobra debía de medir unos diez metros, no cincuenta! –corrigió Breno, riendo.

–¡Qué bueno que hayas regresado! Extrañábamos tus historias! –dije, abrazando a Bira.

–… y no solo tus historias. ¡Te extrañábamos mucho a ti! –declaró Maiara, abrazando a Bira de una manera muy especial.

Enseguida, ella me pidió que me quedara con Kereré y vi que le entregaba el collar de *muiraquitã* a Bira. Después, los dos se fueron solos hacia la proa y no sé qué sucedió.

Apenas el barco partió, Breno y yo caímos en la hamaca, exhaustos. Pero antes de cerrar los ojos, tomé mi diario y escribí acerca de lo que acabábamos de vivir: decepciones, deseos, descubrimientos. ¿Qué más estaría por venir?

El día siguiente se caracterizó por la pereza. Parecíamos el Kereré de Maiara, que ahora se había quedado colgado de la hamaca, tranquilo, tranquilo... Como él, nosotros también solo queríamos pasar el día quietos, sin grandes movimientos ni preocupaciones.

A la madrugada siguiente, nos despertamos en el puerto de Belén, donde los vendedores gritaban, ofreciendo hamacas, comidas y todo tipos de hierbas embotelladas, con la promesa de que curaban cualquier malestar. Seguimos a Bira y descendimos para conocer el mercado Ver-O-Peso, donde tomamos fotos con

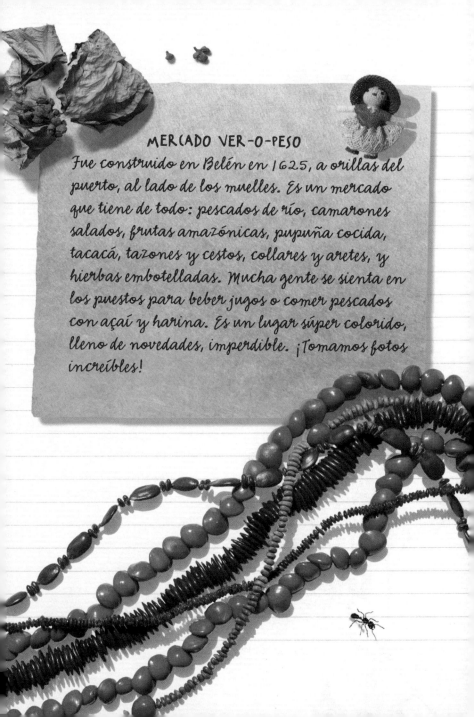

MERCADO VER-O-PESO

Fue construido en Belén en 1625, a orillas del puerto, al lado de los muelles. Es un mercado que tiene de todo: pescados de río, camarones salados, frutas amazónicas, pupuña cocida, tacacá, tazones y cestos, collares y aretes, y hierbas embotelladas. Mucha gente se sienta en los puestos para beber jugos o comer pescados con açaí y harina. Es un lugar súper colorido, lleno de novedades, imperdible. ¡Tomamos fotos increíbles!

Castaña de Pará

Urucú

Nosotros cuatro en el
mercado Ver-O-Peso

Rama de urucú

PEZ = PIRÁ

En el mercado Ver-O-Peso descubrimos muchos otros pescados que comienzan con "pirá", además del pirarucú: piraña, pirajuba, piramutaba, piraputanga, piraúna. El vendedor de pescado nos explicó que pirá signi- fica "pescado" en tupí-guaraní.

varios pescados de río que todavía no conocíamos: anguilas eléctricas, tambaquís, tucunarés…

Después de ver los pescados, probamos las castañas de Pará, que vienen dentro de un coco muy duro, y amenacé pintar a Breno de rojo, con tinta hecha de semillas de urucú. ¡Él huyó al instante, claro! Como teníamos hambre, comimos pescado con *açaí* y mandioca frita. ¡Imposible no regresar de este viaje con unos kilos de más!

Caminando por Belén, vi calles cubiertas de árboles de mango, centenarios, enormes, cargados de frutos. Al notar que, inclusive sin lluvia, las mujeres pasaban con sus paraguas abiertos, pregunté:

–¿Por qué llevan paraguas si no está lloviendo?

–Esas son sombrillas, Pilar. ¡Para protegerse del sol! –dijo Maiara.

–Y para protegerse de la lluvia que cae desde las tres de la tarde todos los días –informó Bira.

–¡Me parece que los paraguas son para protegerse de

123

CALENDARIO AMAZÓNICO

En Amazonia hay dos estaciones:
cuando llueve todo el día... ¡y cuando
llueve el día entero! En las escuelas
del norte de Brasil, las vacaciones largas de
verano son de junio a agosto, cuando
llueve menos. Las vacaciones llamadas
"de invierno" (a pesar de los 40 grados de
temperatura) son más cortitas:
comienzan a mediados de diciembre
y terminan a mediados de enero, cuando
llueve sin parar. La lluvia amazónica nunca
es un chubasco o una garúa, no.
Es una especie de gran lluvia, ¡o sea, un
terrible temporal!

la lluvia de mangos! ¡Eso sí! ¡Nunca vi una ciudad con tantos de estos árboles! –bromeé.

El paseo continuó a orillas del río y solo entonces entendí que la capital de Pará queda en una esquina del río Amazonas, lejos del mar. A orillas del río, paramos para tomar un helado. Pero, de repente, fuimos atacados por mosquitos.

–¡Ay, este lugar está lleno de *carapañas*! –dijo Bira.

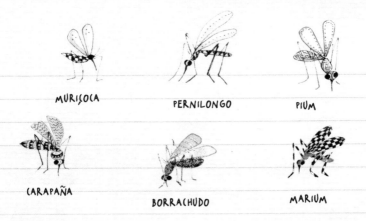

MURIÇOCA

PERNILONGO

PIUM

CARAPAÑA

BORRACHUDO

MARIUM

—¡Y de *marium*! —exclamó Maiara, rascándose.

En ese momento, hice una lista de nombres de mosquitos para guardar en mi diario: *carapaña, muriçoca, pium, marium, pernilongo, borrachudo*. En los lugares donde hay muchos mosquitos, estos tienen distintos nombres.

Cuando nos libramos de los mosquitos, pero aún rascándome, recordé una promesa importantísima:

—Breno, ¡prometimos llevar a Maiara a ver el mar!

—¡Claro! ¿Pero dónde está el mar? ¿Cómo vamos hasta allá?

—Los barcos chicos no bajan por el río Amazonas hasta la desembocadura porque hay mucha corriente y muchas piedras. Pero podemos tomar un *fresquinho*, un ómnibus con aire acondicionado bien frío, hasta Salinópolis. ¿Qué les parece? —propuso Bira.

—¡Voy a ver el mar! ¡No lo puedo creer! ¡Vamos ya, vamos! —exclamó Maiara, entusiasmada.

En media hora, Bira consiguió que nos llevaran en un *fresquinho*, y partimos rumbo al océano Atlántico.

Nuevos horizontes

Apenas llegamos a Salinópolis, corrimos hacia la punta de Atalaia, una playa linda, enorme, de mar muy verde. Frente a nosotros, se extendía el horizonte infinito y había muchos zarapitos blancos sobrevolando el océano. ¡Qué bonito lugar! ¡Qué playa inmensa! Maiara y yo dejamos a Samba y a Kereré con Breno y Bira, y salimos corriendo hacia el agua.

–¡Qué increíble, Pilar! ¡El mar parece un río que no tiene fin!

–Sí, Maiara. Cada vez que lo miro, ¡siento unas ganas locas de viajar!

–Te gusta mucho viajar, ¿no?

–¡Creo que es lo que más me gusta en la vida!

Una ola grande se acercaba y empujé a Maiara para su primera zambullida en el mar. Ella no cerró los ojos ni la boca, y al salir, soltó un grito, asustada:

–¡Ay, pusieron demasiada sal en esta agua! ¡Parece una sopa fría!

–Tendrías que haber cerrado la boca –dije, riendo.

–¡Y los ojos también! Nunca vi agua que ardiera así –dijo, frotándose el rostro.

A pesar de que no le gustó la sal del agua, a Maiara le encantó jugar en las olas. ¡Saltamos algunas y varias nos pasaron por encima! Después, ¡vimos estrellas de mar pequeñas, grandes, de todos los tamaños! Y recogimos algunos caracoles por la arena. Cuando regresamos a la sombrilla, Bira y Breno comían cangrejos enormes. Maiara y yo no sentamos debajo de la sombra, y ella siguió mirando hacia el mar, como si estuviera hipnotizada:

—Creo que entiendo lo que sientes, Pilar. Mirando el mar, dan ganas de ir a ver qué hay del otro lado…

—¡Sí, muchas ganas! Con solo mirar, ya comienzo a pensar en mis próximos viajes: quiero recorrer la India, Australia, China, Mozambique, ¡todo el mundo! ¡País por país, ciudad por ciudad, persona por persona!

—Es como siempre digo: Pilar sufre de gula geográfica. ¡Creo que es una enfermedad incurable! —bromeó Breno.

—¡Mucho cuidado! ¡Es una enfermedad contagiosa! —lo provoqué.

—Yo no voy a contagiarme. ¡Prefiero seguir subiendo y bajando por mi río Amazonas, que es grande como ningún otro! A veces creo que ni una vida entera va a ser suficiente para conocer todos los rincones de este río inmenso —dijo Bira, orgulloso.

—¿No te enojas si te digo una cosa, Pilar?

—Claro que no. Adelante, Maiara…

—Prefiero la playa de río. El mar es muy bonito, pero zambullirse en él es extraño: tiene un gusto muy salado, ¡y deja el cabello duro, como si fuera paja!

RÍO
dulce
calmo
sensación de paz
tiene olas chicas
hay delfines rosados
bueno para remar

MAR
salado
agitado
deseo de aventuras
tiene olas grandes
hay delfines
bueno para surfear

¡Me encantan los dos!

Gustos son gustos y no se discuten. Los dos son tan distintos y tan especiales… Mirando el río, siento paz; mirando el mar, siento un enorme deseo de aventura.

En el regazo de Maiara, el perezoso estaba todo encogido; parecía más habituado a la vida en la selva que en el descampado de la playa, donde soplaba bastante viento. Hasta mi gato, a quien no le gusta ni el agua dulce ni salada, estaba encogido sobre una silla, lamiendo sus heridas. Comencé a preocuparme. Tal vez era hora de regresar a casa y llevar a Samba al veterinario.

El sol se ponía en el horizonte cuando amarramos nuestra hamaca mágica entre dos árboles. Breno y yo abrazamos a Maiara, a Bira y al querido Kereré, y nos despedimos de nuestros amigos.

—Muchas gracias por la ayuda, Maiara. ¡Fue muy lindo conocer el río Amazonas contigo! –le agradecí, y le regalé un silbato de mi colección.

—Lástima que no encontraste a quien buscabas… –respondió Maiara, colocando en mi cuello su linda cestita de paja.

—¡Qué lindo! ¡Qué regalo especial! ¡Muchas gracias! Sabes, Maiara, encontré tanta gente interesante que valió mucho la pena. ¡Fue realmente inolvidable! Y un día vendrán a conocer nuestra playa en Ipanema, en Río de Janeiro, ¿no? –los invité.

—Por supuesto, y cuando llegue allí voy a zambullirme con los ojos y la boca bien cerrados –rio Maiara.

Al despedirse de Bira, Breno decidió dejarle un recuerdito:

—¡Puedes quedarte con mi paraguas! Quién sabe, quizá pesques otra sirena.

—¡Con este paraguas voy a pescar el pirarucú más grande del río Amazonas, ya lo verás! ¡Cuando lo logre, te mandaré una foto! –dijo Bira, entusiasmado.

Con un impulso hacia atrás, la hamaca comenzó a girar de nuevo. Giró y giró hasta que nos quedamos atontados. Y cuando finalmente se detuvo, estábamos en mi habitación.

Hola Pilar:

¿Cómo estás?
¿Puedes venir a mi casa hoy a la tarde para que comamos juntas lo que sobró de mi pastel? Espero que podamos conversar y que un día me disculpes...

Besos, Susana

← ¡Estoy toda jaguapapada!

¿Una nueva familia?

Apenas saltamos de la hamaca, vi que había una carta de Susana sobre mi cama. Me invitaba a ir a su casa. Breno me miró con curiosidad:

—¿Entonces? ¿Vas a ir, Pilar?

—¿Toda *jaguapapada*, pintada con jagua? ¡Ahora sí que me va a encontrar extraña en serio!

Comenzamos a reír, al darnos cuenta de que nuestros cuerpos seguían completamente pintados y muy graciosos.

—¿Nunca se irá esta tinta?

—No lo sé. No estoy para nada preocupada —respondí.

—¿Quieres decir que no temes que alguien de la escuela diga que eres un poquito extraña? —me provocó.

—¿Quieres decir que tú también crees que soy un poquito extraña? —le retruqué.

—Pilar, tú no eres extraña.

—¿No?

—No lo eres. Tú eres… original. ¡Eso es! ¡Eres la chica más original que conozco!

Al decir eso, Breno me besó de nuevo, ¡de esa manera como solo él sabe! Creo que nuestro beso no habría terminado nunca si no hubiese escuchado un extraño maullido de Samba.

—¡Qué gato más celoso! —se quejó Breno.

—Creo que no son celos.

—¿Será que extraña a la felina?

—Creo que hay que llevarlo al veterinario —dije.

Decidimos buscar a mi mamá, que por suerte ya había regresado de su viaje de trabajo. Al llegar a la sala, vimos que estaba acompañada por un hombre con una gorra azul, que le rodeaba los hombros con su brazo... Miré a Breno e inmediatamente decidimos activar nuestra Sociedad de Espías Invisibles.

—Beki llamando a Nico...

—¡Nico conectado!

Gateando por detrás del sofá, logramos acercarnos a los dos para escuchar mejor la conversación:

—¿Ya hablaste con ella? —preguntó el hombre de gorra azul.

—Aún no. Voy a hablar con ella hoy —respondió mi madre.

Aquella conversación era bastante enigmática, ¡pero parecía que "ella" era yo! Esta vez, no quería arruinar nuestra misión de ninguna manera y permanecí bien quieta al lado de Breno, intentando descubrir algo más. ¿Ese hombre sería un compañero de trabajo de mi mamá? Sería algún amigo o... De repente, ¡vimos que se besaban! ¡Qué bizarro! Breno y yo nos miramos, sorprendidos, mientras Samba saltaba de mis brazos directamente sobre la gorra de aquel desconocido.

—¡Samba! ¡Qué susto! ¿Qué estás haciendo aquí? —preguntó mi mamá.

En aquel momento exacto, decidí levantarme rápidamente para espiar la cabeza del hombre, solo para saber si tenía un agujero allí. ¡Por suerte, no lo tenía! O sea, ¡no era un delfín rosado disfrazado! Mi mamá me vio.

—Pilar, ¿qué estás haciendo detrás del sofá?

—Má, ¿ustedes están de novios? No me contaste nada... ¿Cómo se llama?

—Hija, él es Bernardo... Yo quería que se conocieran. Es mi novio, sí.

—Por casualidad, ¿es veterinario? ¡Samba necesita ayuda, má!

Aunque no era veterinario, Bernardo decidió actuar: nos metió a todos en su auto y nos llevó a la clínica, donde le dieron unos puntos en la pata a Samba. Intrigada, mi mamá quiso saber cómo y en qué lugar mi gato se había lastimado. ¿Cómo podría explicar que había estado con un ocelote hembra en la selva amazónica?

—Parece que se peleó con un animal más grande que él —dijo el veterinario.

—¿Pero qué animal? —preguntó mi mamá.

—Debe de haber sido cuando... huyó al matorral —dije, intentando explicar.

—¿Matorral? ¿Qué matorral?

—Aquel matorral detrás de la escuela, ¿lo conoces? —acotó Breno, siempre dispuesto a ayudarme.

—Bueno, lo mejor será que dejes de llevar a tu gato a esas aventuras, Pilar. Es aún un cachorro. No se sabe defender demasiado bien.

Breno y yo teníamos ganas de reír, pero no dijimos nada. ¿Cachorro indefenso? ¡Nada más alejado de Samba! Sin que mi madre se diera cuenta, mi gato había crecido, ¡y ahora era el súper novio de gatas salvajes! Es más: no era el único que estaba listo para vivir noviazgos y aventuras... ¡todos nosotros habíamos cambiado también!

Cuando regresamos a casa, Bernardo quiso hacerle un mimo a Samba, que no paraba de intentar sacarse el apósito de la pata. Como el novio de mi madre insistía, mi gato se irritó y decidió reaccionar; le quitó su gorra y huyó disparado. ¡Qué confusión! Bernardo gritaba, mi mamá se quejaba, pero la verdad es que aquel hombre casi no conocía a mi gato y ya estaba buscando mimarlo.

Antes de que la situación se complicara aún más, Breno y yo salimos corriendo detrás de Samba, pero al llegar a la habitación, vimos que ya había desaparecido.

—¿Ya buscaste debajo de la cama? —preguntó Breno.

—No está. Ni dentro del armario...

—¿No será que...?

—¡Apuesto a que saltó a la hamaca mágica! —dije.

—Por cierto, se llevó la gorra de tu nuevo "padrastro"...

—¡¿Padrastro?! —me sorprendí.

–Bueno, Pilar. No tienes papá, pero tal vez ahora tengas padrastro… Será mejor que te vayas acostumbrando…

Mientras Breno decía eso, comencé a preguntarme: ¿Bernardo se casaría con mi mamá y se convertiría en mi padrastro? ¿Nuestra familia cambiaría o crecería? Mil dudas comenzaron a asaltarme y aún no tenía respuestas. Pero, por el momento, ¡lo más urgente era partir detrás de Samba!

¿Hacia dónde habría ido mi gato esta vez? ¿Hacia alguna montaña helada? ¿Hacia algún desierto sin fin? ¡Misterio! Para saber, debíamos embarcar en la hamaca mágica y dejarnos llevar. Al final, siempre es ella la que decide nuestros viajes y nunca sabemos con certeza adónde iremos a parar…

FIN

VENEZUELA

GUAYANA

S

RORAIMA

¡Dicen que Velho Airão fue
tomado por las hormigas!

Río Negro

ecidiu rea
Que confusa
a ve

Novo Airão

Manaos

Río Amazonas

Encuentro de Aguas

Río Solimões

Río Madeira

AMAZONAS

Sumaúma

Velho Airão

Hola, Pilar:

¿Cuándo volverán tú y Breno a Belén? Me encanta vivir aquí. La escuela es buena y ya me hice varios amigos nuevos, pero Bira sigue siendo mi mejor amigo, ¡claro! Todas las tardes nos encontramos para llamar pajaritos y tomar helados juntos. Ahí va una gotita de helado de açaí para que se te haga agua la boca y quieras regresar pronto.

Te extraño. Besos,

Maiara

¡HOLA, PILAR! ¡HOLA, BRENO!
¿CUÁNDO VAMOS A HACER OTRO VIAJE POR EL RÍO AMAZONAS?
¡VUELVAN PRONTO!

HASTA LA PRÓXIMA, BIRA

Belém do Pará, Brasil
© Vanderlique Penna, 22 outubro 1906

Pilar Buriti

Calle Sin Fin, número 1

Departamento debajo de Breno

Río de Janeiro, Ciudad Maravillos.

RJ - Brasil 22000 000

Semillas de ojo de cabra
que probé en Santarém

PEQUEÑO DICCIONARIO DE
PILARESES

RESOLVÍ HACER UN PEQUEÑO DICCIONARIO DE PILARESES, ES DECIR, DE LAS PALABRAS QUE INVENTÉ. OCURRE QUE A VECES ME DAN MUCHAS GANAS DE DECIR COSAS QUE AÚN NO TIENEN NOMBRE O QUE PODRÍAN SER DICHAS DE UNA MANERA DISTINTA, ¿NO CREEN?

AMBULANCHA: AMBULANCIA EN FORMA DE LANCHA.
PERO ESO NO LO INVENTÉ, ¡EXISTE!

APARTAMENTÍCULO: APARTAMENTO MUY PEQUEÑO, SIN BALCÓN NI ESPACIO PARA TODOS LOS ANIMALES QUE QUISIERA TENER: OSOS PEREZOSOS, UNICORNIOS, PINGÜINOS, LLAMAS, ETC.

SILBACONVERSAR: CONVERSAR EN FORMA DE SILBIDO.
SOLO LOS PÁJAROS LO ENTIENDEN.

¡BRONCA! ¡BRONCAZA!: ALGO DEL TIPO
"AY, QUÉ RABIA, QUÉ MALDICIÓN, QUÉ IMPOTENCIA",
¡TODO JUNTO Y MEZCLADO!

142

GRAN LLUVIA: ES UNA LLUVIA FUERTÍSIMA QUE CAE EN LA SELVA
AMAZÓNICA. NO HAY PARAGUAS QUE SIRVA
CUANDO SE DESATA EL TEMPORAL.

DESPADRADA: ALGUIEN QUE NO CONOCE A SU PADRE, COMO YO...

ENMARAVILLAMIENTO: CUANDO UNA PERSONA SE QUEDA TAN MARAVILLADA
¡QUE PARECE QUE ESTUVIERA FLOTANDO SIN PENSAR EN NADA MÁS!

(QUEDAR) MARAVILLATADA: QUEDAR COMPLETAMENTE IMPRESIONADA,
ADMIRADADA, EMBOBADA, MARAVILLADA, ¡TODO ESO JUNTO!

¡EMPUPUÑARSE!: COMER PUPUÑAS DE MÁS, A TAL PUNTO,
QUE PARECIERA QUE LA PANZA EXPLOTARÁ.

ESCAMOROSA: ¡UNA SIRENA ESCAMADA ES HORROROSA! INVENTÉ
ESTO PARA MOLESTAR A IARA, AQUELLA MALVADA
QUE QUERÍA LLEVAR A BRENO AL FONDO DEL RÍO...

(QUEDAR) JAGUAPAPADA: (QUEDAR) TODA PINTADA CON TINTA
DE JAGUA.

MIEDOTÓN: MIEDO MUCHO MÁS GRANDE QUE UN MIEDITO. ¡UN MIEDO ENORME, UN VERDADERO MIEDOTÓN!

PARAPETELUNGA: ¡UNA PERSONA MUY TEDIOSA E IRRITANTE A LA QUE ME DAN GANAS DE MOLESTAR!

QUERERIDO: UNA FORMA ESPECIAL DE LLAMAR A ALGUIEN O A UN SER ESPECIAL A QUIEN QUEREMOS MUCHO, COMO EL KERERÉ..

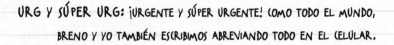

URG Y SÚPER URG: ¡URGENTE Y SÚPER URGENTE! COMO TODO EL MUNDO, BRENO Y YO TAMBIÉN ESCRIBIMOS ABREVIANDO TODO EN EL CELULAR.

¡Sufro de gula geográfica!

Collages con partes del libro
EL GUARANÍ, de José de Alencar.

Collar con pluma
de tangara mexicana

Flávia Lins e Silva nació en Río de Janeiro, pero ama la selva amazónica. Primero paseó por el río Negro, después por el Amazonas y por el río Tapajós, donde la maravillaron tanto los pájaros, las frutas, las personas y

las palabras, que espera regresar mil veces al Norte de Brasil. Autora de *Diario de Pilar en Grecia*, *Cuaderno de viajes de Pilar*, *Diario de Pilar en Egipto*, ganó además el Premio al mejor libro juvenil de 2010 otorgado por FNLIJ, con *Mururu en el Amazonas*. Quien quiera saber más sobre ella y sus libros puede ingresar a su: www.flavialinsesilva.com.br

Joana Penna es carioca de pura cepa y ciudadana del mundo. Como Pilar, también sufre de glotonería geográfica, y la selva amazónica está en la larga lista de lugares que aún quiere conocer. Estudió diseño gráfico e ilustración en Barcelona, España, y desde entonces realizó una gran cantidad de dibujos de los lugares donde vivió: Barcelona, Londres, Sri Lanka y Nueva York. Sus fieles compañeros de viaje son su marido, Johnny, y sus hijos, Sofia y Tom. Tiene ilustraciones publicadas en dieciséis libros y sus dibujos y diarios están en el sitio: www.facebook.com/JoanaPennaIllustration

OJO DE BUEY

PULSERA QUE BRENO ME DIO
EN EL MERCADO VER-O-PESO

COLLAR DE "SEMILLAS
DE AMOR"

¡Tu opinión es importante!

Escríbenos un e-mail a
miopinion@vreditoras.com
con el título de este libro en el "Asunto".

Conócenos mejor en: **www.vreditoras.com**

VREditorasMexico • VREditoras

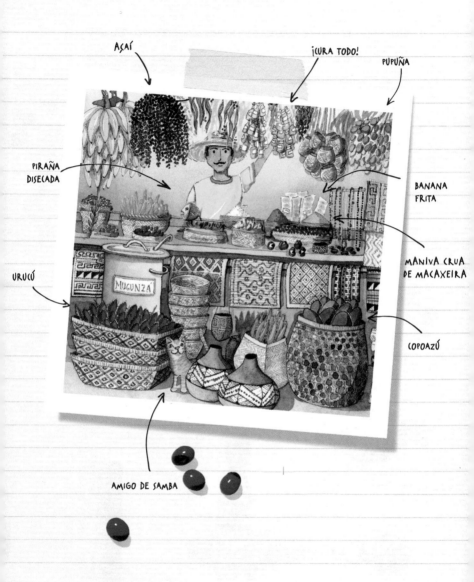

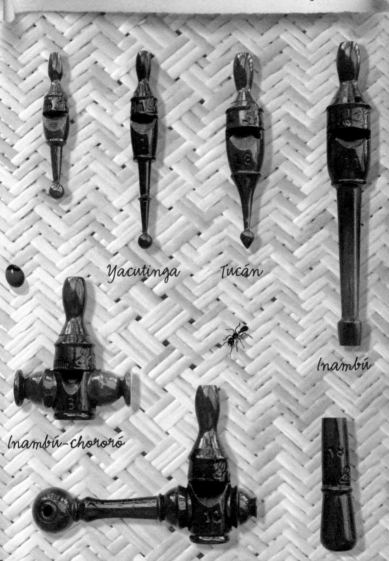

Mi colección de silbatos para llamar pajaritos

Yacutinga

Tucán

Inambú

Inambú-chororó

Inambú de pico corto

Tinamú chico